Marten Petersen
Tjejen från Tveta

Design av bokblock och bokomslag
DigiBuchService, Hannover, Tyskland

Omslagsfoto
Marten Petersen

Förlag
BoD – Books on Demand, Stockholm, Sverige

ISBN: 978-9179698010

Marten Petersen

Tjejen från Tveta

Översättning till svenska
av Lena Samuelsson

OM BOKEN

Den lilla byn Tveta ligger i utkanten av Emådalen nära Mörlunda. Kyrkan från 1100-talet vittnar om byns långa historia, som tog sin början för tusentals år sedan. Platsen utövar en magisk kraft på författaren . Hans första roman »Leif – ein Wikingerabenteuer« (endast på tyska) handlar om ett vikingaäventyr som utspelade sig just här en gång i tiden.

För Marten Petersen, som är bosatt i Mörlunda, var det därför ganska självklart att hans andra roman skulle utkomma både på svenska och tyska.

Historien utspelar sig i småländska Tveta runt sekelskiftet 1900. Platsen är autentisk, men personerna är fritt uppfunna. Som forskningskälla har författaren använt sig av bland annat böckerna Vägglusekappe av Gerion Danielsson och Händelser och Hågkomster från det gamla Aspeland i Emådalen av Rudolf Svensén, men naturligtvis har även Utvandrarna av Vilhelm Moberg spelat en stor roll. Språket är i möjligaste mån anpassat till förhållandena på den tiden.

Även om författaren har försökt hålla sig så noga som möjligt till förhållandena på den tiden var han tvungen att uppfinna en fiktiv läkare. Någon läkare har det aldrig funnits i Mörlunda, men han behövdes för händelseförloppet.

Första boken:
Hjälpen från gudarna
Tveta 1918

»Vilken galning! Vad hittar hon nu på?« Tjuvskytten behöver inte anstränga ögonen så mycket. Kvällarna före midsommar är tillräckligt ljusa för att man ska kunna se djuren tydligt, men man kan också lätt urskilja honom själv, tjuvskytten, i den ljusa sommarnatten. Han har sitt gömställe i en grenklyka i den gamla eken, och härifrån har han bra utsikt över Gustafssons enkla stuga.

Han känner Alma som man sedan lång tid tillbaka brukar kalla för »galningen«. När han var barn lekte han ofta med Karl, Almas äldre bror, tills denne plötsligt försvann en dag. Han var som uppslukad av jorden. Hur länge sedan är det nu? Femton år sedan minst.

Alma har precis öppnat dörren och står där endast iklädd ett plagg utan ärmar. Det långa röda håret är utsläppt och faller ända ner till midjan. Hon har inga skor på fötterna. Tjuvskytten tycker sig kunna urskilja konturerna av hennes kropp. Han smackar med tungan, men backar tillbaka lite. Visst skulle det vara frestande att vänslas med tösen. Men nej. Hon är ju en galning. En sådan bör man helst hålla sig borta från.

Tjuvskytten iakttar flickans rörelser med förvånad min. Nu har hon böjt sig ner, men han kan inte se vad hon gör. Han reser sig försiktigt och sträcker på huvudet så att han kan se vad som försiggår där borta. Det gäller att vara så tyst som möjligt. Nu kan han se att flickan sätter eld på någonting i en skål. Det börjar ryka och snart känner han en intensiv lukt av örter. Flickan har rest sig upp. Hon håller skålen med båda händerna framför sig och svänger den fram och tillbaka, upp och ner. Det verkar som hon vill sprida röken ordentligt. Samtidigt börjar hon sjunga på en konstig sång utan någon riktig melodi. Talsången börjar lågmält men ökar sedan hela tiden i volym. Det låter väldigt underligt, nästan som en besvärjelse. Alma rör sig långsamt i riktning mot skogsbrynet. Tjuvskytten är så nyfiken att han inte ens är rädd för att bli upptäckt. Han klättrar ner från trädet och följer efter flickan.

Han hör ljud på ett språk som han inte förstår. »Var roa kval ster? Nosema, yn gelrö ta ut sot!«

Tjuvskytten förstår först inte ett enda ord. Så plötsligt hör han ord som han känner igen.

»Mörkrets väldiga makter, jag behöver er hjälp. Hjälp mig att hämnas! Kasta mina plågoandar i den eviga elden!«

»Det var ju det jag visste, hon är tokig«, upprepar tjuvskytten. Han hoppar till för han pratade högt av misstag. Alma stannar till abrupt och vänder sig långsamt om mot mannen. Han stirrar förskräckt i hennes uttryckslösa, svartmålade ansikte där ögonen bara syns som vita ringar. Han står där som förlamad och ser på henne med vidöppen mun.

»Du har inte sett något, annars kommer djävulen och tar dig«, säger hon och sträcker ut armen så långt det går mot honom. Panikslagen vänder tjuvskytten på klacken och rusar därifrån.

Alma bryr sig inte om, ifall mannen kommer att berätta att han mött henne. Det viktigaste för henne är att hon är ensam nu. Hon måste koncentrera sig och samla alla krafter. Annars kan hon inte utföra uppgiften. Det gäller att förbereda sig på det här momentet före midsommar.

Alma fortsätter att gå. Återigen svänger hon kärlet fram och tillbaka medan röken stiger och släpper ut de eteriska oljorna som berusar hennes sinnen. Hennes väg genom natten leder henne vidare till Tors källa, en forntida källa en bit bort från kyrkan. Det sägs att den mäktige guden Tor brukade dricka ur källan när han var törstig. Sedan dess har hans magi överförts till vattnet som väller fram ur jordens inre, men vid kristendomens begynnelse förlorade källan den magiska betydelse den en gång hade under vikingatiden. För tusen år sedan försvann den makt Tor och hans hjälpare hade till förmån för kristendomen. Hennes förfäder ska ha hedrat de gamla gudarna, något som den dåvarande prästen och de troende byborna var förfärade över. De hade fördrivit Almas förfäder från Tveta. De gamla hade varit tvungna att lämna sitt hus och bosatt sig i skogen. Här hade de byggt en enkel stuga som fortfarande var familjens hem. Hennes mor- och farföräldrar stämplades fortfarande som hedningar och hennes föräldrar syntes sällan till i kyrkan. De fick ofta besök av prästen som kom för att påminna dem om att gå till kyrkan. Almas mormor hade tagit med henne flera gånger till källan och berättat om de gamla gudarna. Det hade gjort djupt intryck på Alma. När hon var ensam med sina problem och inte visste vad hon skulle göra hade hon alltid hittat kraft vid denna källa. Det kunde inte skada att ta hjälp nu, både från de gamla och de nya gudarna.

Alma ställer sig på knä vid källan. Hon sträcker ut sin bara hand i den rykande glöden men känner ingen smärta. Hon strör ut de helgade örterna på vattnet, doppar snabbt den heta handen i källvattnet och ber Tor om hjälp.

»Store Gud, ge mig styrka att utföra min stora uppgift. Hjälp mig att göra det jag måste göra!«

Hon doppar huvudet med det långa håret djupt ner i vattnet och kastar det så häftigt tillbaka att håret flyger i en båge genom luften och lägger sig utmed hennes rygg. Den svarta färgen som hon har smort in ansiktet med är nu smetig och rinner i långa rännilar ner för halsen. Håret klibbar drypande vått ända ner på ryggen. Hon upprepar proceduren tre gånger, reser sig sedan och börjar gå hemåt. Det är redan tidigt på morgonen och solen skiner över dalen. Alma tar av sig sitt långa klädesplagg och lägger sig på sängen, men kan inte somna. Hon är alldeles för upprörd över den nattliga ceremonin.

***

Det är tyst på den lilla gården i skogen, som folk bara kallar Gustafssons och där Alma bott ensam sedan föräldrarnas gick bort. Gården ligger i en glänta i skogen, inte långt från byn Tveta. Huset är rödmålat och har vita knutar och fönsterkarmar, precis som de flesta andra hus här i trakten.

Bakom stugan betar två kor och fyra grisar på en stenig äng. Här finns det även ett stall och ett uthus. Bredvid ängen går gäss och kycklingar, som hon släpper ut direkt när hon har vaknat.

I den lilla trädgården framför huset rensar Alma ogräs. Trädgården är omgärdad av ett stängsel för att hålla borta glupska djur. Hon tycker visserligen om kaniner och rådjur, men de ska hålla sig borta från grönsakslandet. Under förmiddagen, särskilt nu på försommaren, har hon fullt upp att göra både i huset och i trädgården. De flesta fröna har redan grott och vuxit upp och de första grönsakerna kan snart skördas. Ärter och rovor, lök och bönor, kål och potatis växer och frodas i sådana mängder att Alma kommer att ha tillräckligt med mat på bordet hela vintern. Mellan grönsakerna har hon planterat blommor och örter för att hålla skadedjuren borta.

På eftermiddagen går hon till sitt arbete i den lilla kyrkan, som står på en liten kulle utanför byn. Hon har bytt ut det grå trädgårdsförklädet mot ett finare. Håret har hon som brukligt satt upp i en knut och på huvudet har hon en vit huva som hon fäst med hårklämmor i nacken för att hålla håret på plats. Av den traditionella huvudbonaden kunde man utläsa att hon är ogift.

»Goddag, Alma.«

Alma tittar upp. Hon hade redan märkt att pastorn närmade sig. Hon lägger undan trasan som hon håller på att damma av en läderbok med.

»Goddag, pastorn. Jag dammar psalmböckerna idag så att de blir fina till midsommargudstjänsten.«

»Det var snällt, Alma Du vet att vi är mycket tacksamma för allt du gör för vår kyrka. Vad skulle vi göra utan din hjälp?«

»Men det gör jag så gärna. Jag bor ju ensam och har ingen jag behöver bekymra mig om. Jag har ju ingen familj.«

»Nej, det är en sorglig historia. Skulle du behöva hjälp någon gång, så bara kom till mig.«

»Tack, pastorn, det ska jag göra. Jag har faktiskt något jag skulle vilja be pastorn om redan nu.«

»Jaha, vad är det?«

Alma tvekar något, men säger sedan: »Jag kanske kan få en särskild välsignelse inför midsommarnatten?«

Pastorn ler. »Jo men visst Alma, precis som varje år. Jag vet vad den här dagen betyder för dig. Så mycket lidande som du har fått utstå under ditt unga liv.«

»Ja, fast om det på något sätt är möjligt, skulle jag vilja be om en större och starkare välsignelse den här gången. Det är något speciellt som jag vill göra.«

»Vill du inte berätta?«

»Nej pastorn, det vill jag inte, och jag är säker på att pastorn inte heller vill veta det.«

Alma tittar bort. Pastorn ser irriterat på henne och skakar på huvudet.

»Visst ska du få din välsignelse.«

Alma faller på knä och knäpper händerna. Pastorn tecknar ett kors över hennes böjda huvud och lägger sedan sin hand på flickans hår.

»Gud välsigne dig, min flicka och give dig kraft och styrka att utföra det du tänker göra.«

Alma reser sig upp och räcker prästen sin hand.

»Tack så mycket, pastorn.«

Pastorn svarar henne med ett leende och går sin väg. »Om du visste vad du bad Gud hjälpa mig med«, viskar Alma för sig själv så att inte prästen ska höra vad hon säger.

Alma är nöjd. Hjälp från två gudar samtidigt, bättre stöd kan hon inte få. Nu kommer säkert inget att gå fel. Nu kan hon genomföra det hon förberett sig mentalt på i så många år. Det som en gång var en liten tankegnista har nu tänt en stor låga. Hon hade förberett sin plan in i minsta detalj, och när hon hade förankrat planen djupt inom sig samlade hon ihop alla föremål som hon skulle behöva för att genomföra den. Nu var det dags, det rörde sig bara om dagar och timmar.

Sedan skulle det vara slut på allt det onda.

Alma vaknar upp ur sina tankar. Ännu är det inte dags. De vardagliga sysslorna bestämmer fortfarande dagsrutinerna. Men ingen kan se vad som försiggår i hennes huvud.

Målmedvetet dammar hon av bok efter bok och ställer tillbaka dem i det snidade skåpet längst fram i den lilla kyrkan. Hon står vänd mot predikstolen. Hennes blick faller som alltid på de tre nakna änglafigurerna som hänger ovanför predikstolen. De har en magisk men samtidigt starkt motbjudande inverkan på Alma. Hon måste titta på dem nästan automatiskt om och om igen. De hade stor betydelse för henne redan som liten. Redan då hade de snidade änglarna och den stora änglatavlan som hängde ovanför föräldrarnas säng etsat sig fast i hennes minne, och när föräldrarna hade dött och den unga Alma tagit över hushållet tog hon ner tavlan och eldade upp den på gården. Allra helst hade hon kastat de tre änglarna i kyrkan också i elden, men de här figurerna kan hon inte röja ur vägen. De hör hemma här och bidrar till den kraft som utgår från det här rummet och gudstjänsten.

Det är svårt för henne att strunta i figurerna. Hon går bort till den bakre bänkraden och sätter sig där. Hon sticker ner handen i förklädsfickan och plockar upp en bit papper. Det är ett kuvert. Hon betraktar det intensivt utan att öppna det. Det är det sista brevet från brodern Karl. Hon fick det för bara några dagar sedan, och när hon hade läst det visste hon att nu var tidpunkten kommen som hon väntat på i så många år. I år, vid midsommar, ska det ske. Karl kommer hem. Resolut lägger hon tillbaka kuvertet i fickan och reser sig upp.

Hon lämnar kyrkan och tar grusvägen som leder in i skogen efter några hundra meter. Därifrån är det inte så långt hem.

Hon tänker på Karl som först hade berikat hennes liv, sedan behärskat det och slutligen förstört det.

Alma öppnar ytterdörren och går in i förstugan. Från förstugan leder en dörr in till köket, en annan till finstugan. En brant trappa leder upp till sovkammaren under det sluttande taket.

Alma går in i köket. Hon tänder den öppna spisen för att koka kaffe. Sedan ställer hon den tunga gjutjärnsgrytan på spisen och värmer upp soppan från igår. Snart stiger ångan ut genom skorstenen. Doften från soppan sprids snart i hela köket. Det tar lite tid innan soppan är varm.

Hon tar upp en bunt med brev och vykort ur lådan i köksbordet. Det är breven från hennes bror, sorterade efter datum och prydligt sammanhållna med ett band. Hon tar bunten och sätter sig vid det lilla bordet vid fönstret. Här är ljuset bäst i det annars ganska mörka köket. Hon lossar bandet och plockar ut det vykort som ligger längst ner i bunten. Det är det äldsta meddelandet från Karl. Vykortet var tättskrivet, så att han kunde berätta mycket. Framsidan på vykortet visar hamnen till en stor stad i Tyskland. Man kan se många skepp, mest segelskepp, men även en del moderna ångfartyg. Svart rök stiger upp ur skorstenarna. För många år sedan lämnade brodern henne med ett av dessa fartyg. Men allt det onda som han hade gjort henne tog han inte med sig. Det fanns kvar i henne och förstörde hennes själ och hjärta.

Andra boken: Allt det onda
1902, Nyheter från Kiel

Alma andades djupt och började läsa.

Kära syster!
Jag klarade inte av att vara kvar hemma. Det kändes för
trångt. Och du kan inte tänka dig hur stor världen är.
Jag tog mig bara över Östersjön till Kiel. Innan dess hade
jag vandrat den långa vägen från vårt lilla Tveta till Kal-
mar. Där tog jag hyra på Nordstjernan, ett gammalt och
slitet segelfartyg. Ändå säger jag att det är så mycket
friare på havet, på fartyget och här ute i världen än
hemma. Jag saknar dig, käraste syster. Vi ses snart igen!
Din broder Karl.

Alma läste kortet som var tummat efter att ha blivit
läst så ofta. Besvikelsen hade varit stor på den ti-
den. Inte ett ord hade han nämnt om att han ång-
rade sig, inte ett ord om vad han hade gjort mot
henne. Tankarna vandrade tillbaka många år i ti-
den till barndomen. På den tiden, när hon var en
liten flicka, var allt fortfarande bra och det onda
hade ännu inte fått fäste. Bilder från barndomen
dök upp för Alma. Nu var hon åter den lilla glada
flickan.

***

Alma älskade sin storebror, som var några år äldre. Han tillbringade mycket tid med henne. De brukade leka tillsammans och hon hade lärt sig mycket av honom, men hur man fick små flata stenar att studsa över vattnet, det hade hon ännu inte lyckats lära sig.

»Det tar lite tid, Alma, men snart kommer du att göra fler studsar än jag«, sa Karl uppmuntrande.

Karl kunde hitta på underbara historier som han sedan berättade för henne. De handlade om avlägsna länder där det levde konstiga djur. Han berättade om randiga hästar, om djur med en hals som var flera meter lång och som gjorde att de kunde äta de finaste bladen och frukterna från trädtopparna, och han berättade om länder där människor med svart hud bodde i enkla lövhyddor i djungeln. Karls berättelser var så levande att Alma trodde att hon satt mitt i en sådan hydda. Ibland visste hon inte om hon kunde tro på vad han berättade eller om han bara hittade på.

De hade tillbringat många timmar tillsammans på det här sättet. För det mesta brukade de sitta på sin favoritplats, på klockstapeln till den lilla kyrkan. Femtio trappsteg ledde upp till plattformen där kyrkklockorna fanns.

Idag var det en solig dag. Korna låg i skuggan av stallet medan grisarna hade grävt en grop i sanden där de låg och vältrade sig.

Alma hjälpte sin mor med att plocka bär medan Karl staplade ved uppe vid uthuset. Även om allt var så vackert nu på sommaren var man tvungen att förbereda sig inför den kalla vintern. Fadern hade gett sig iväg ut i skogen redan tidigt på morgonen för att fälla träd.

Alma satt på huk mellan bärbuskarna. Mellan benen hade hon klämt fast den lilla hinken som hon fyllde med krusbär. Snart var hinken full. Det fattades bara några nävar till av de syrliga bären. Hon reste sig, tog hinken och sprang glädjestrålande fram till modern.

»Mamma, titta så mycket jag har plockat!«

»Se dig för så att du inte ramlar.«

Men det var redan för sent. Alma ramlade i sanden så att krusbären rullade ut på marken.

»Din dumma tös«, skällde modern. Alma reste sig mödosamt medan tårarna steg i ögonen på henne.

»Där ser du hur det går.«

Modern vände sig om och fortsatte med sitt arbete. Hon brydde sig inte längre om dottern. Plötsligt föll en skugga över Alma. Det var Karl. Han hjälpte systern upp och borstade av sanden från det lilla skrubbsåret på knäet med handen.

»Kom så tvättar vi rent det.«

Så vände han sig mot modern och sa:

»Var inte så hård mot Alma. Hon är fortfarande liten och måste lära sig först.«

Modern vände sig mot sonen och skulle precis ge honom ett passande svar men vek undan när hon såg hans beslutsamma blick. Han hade samma hårda ansiktsuttryck som sin far och det lovade inget gott. Det visste hon allt för väl. Karl såg hennes tvekan och tog hotfullt ett steg fram emot henne. Modern lutade sig skyndsamt över bären igen.

Karl tog sin syster i handen och gick hem med henne. Han hämtade lite vatten från regntunnan och tvättade rent såret. Alma njöt av omsorgen och log strålande mot honom.

»Det gör inte ont längre.«

»Va` bra«, sa Karl. »Fast här på benet har du fortfarande sand. Vänta lite, så ska jag borsta bort det också.« Han strök lätt med handen över hennes lår lät den vila där en sekund innan han snabbt drog undan den och gav henne en klapp där bak.

»Seså, nu är det bra igen.«

»Du är så snäll mot mig«, sa Alma.

»En så vacker liten flicka kan man bara vara snäll mot«, svarade Karl och for med fingrarna genom hennes långa, rödskimrande hår.

»Vad tycker du är vackrast på mig då?«

»Ditt skratt«, log han. »Du har så söta smilgropar när du skrattar. Det tycker jag om.«

»Smilgropar? Vad är det?«

Karl skrattade. »Titta dig i spegeln så förstår du vad jag menar.« Han reste sig och gick tillbaka till uthuset.

Alma sprang till trädgården. Karl iakttog systern när hon tog tag i hinken igen och satte sig på huk under bärbuskarna.

»Tänk dig för lite bättre nu!«, ropade han.

Hon vinkade åt honom samtidigt som hon drog upp kjolen något. Karl vinkade tillbaka.

Alma tittade efter brodern. Så vuxen han verkade med sina tretton år! Han var så stark att han snart skulle kunna hjälpa fadern med det hårda arbetet i skogen. Då skulle han få ännu bredare axlar och

starkare muskler, hade Karl förklarat stolt en gång.
Att han kunde skälla på modern utan att hon sa ett
ord tillbaka, förvånade henne ändå. Och det gjorde
han bara för att hjälpa sin lillasyster!

Den natten drömde Alma att hon blev anfallen av
ett farligt djur i skogen. Hon kunde inte säga vad
det var för slags djur, men då kom Karl och räd-
dade henne från odjurets klor. Karl, hennes hjälte!
Hon vaknade av att hon var genomsvettig. Det tog
ett tag innan hjärtat lugnade sig. Sedan kastade hon
av sig täcket och tassade bort till Karls säng. Hon
rörde vid honom. »Karl, sover du?«
»Ja, men du kan hoppa upp i sängen.«
Ända sedan hon var liten hade hon krupit upp i
Karls säng. Här hos honom kände hon sig säker.
Spökena som hon var så rädd för försvann, för hon
visste att Karl var mycket starkare än nattens kus-
liga varelser. Alma lyfte på täcket och kröp ner i
sängen bredvid Karl. Hon njöt också av tryggheten
och värmen som hon kände genom nattlinnet.
En stund senare märkte hon hur Karls hand lade
sig på hennes lår. »Vad gör du?«, frågade hon.
»Jo, jag vet att du har ett födelsemärke där. Jag ville
bara veta om jag kunde känna konturen.«
»Hhmmm«, mumlade Alma sömndrucket, »och
kan man känna det?«
»Bara väldigt lätt«, svarade Karl.
Alma log. Hon var stolt över födelsemärket. Det
hade formen av ett äpple som någon hade bitit i.

Hon kände inte till någon annan som hade något liknande.

Alma somnade snabbt och vaknade inte förrän Karl gick upp. Idag skulle han jobba i skogen tillsammans med de andra männen, kom hon ihåg.

Alma gick också upp strax efter att Karl gett sig av. Så erinrade hon sig att brodern hade vidrört henne under natten. Det hade han aldrig gjort förut. Hon hade inte känt det som något obehagligt, men tyckte att det var lite konstigt.

Det var fortfarande tidigt, men det var återigen en väldigt vacker morgon. Några vita moln seglade fram över den blå himlen. Det var dags att släppa ut hönsen och gässen. Hon tog en liten jutesäck och strödde ut foder i sanden. Hon tog även lite av gräset som fadern hade slagit kvällen innan. Djuren började sprätta och picka ivrigt. Detta var hennes jobb så länge hon inte behövde gå till skolan, och det var inte förrän nästa år.

»Vi ses ikväll, lillasyster!« Det var Karl, klädd i arbetskläder som följde sin far till skogen för att arbeta. Han var stolt för det var hans första arbetsdag tillsammans med de vuxna männen. Nu skulle han få lära sig att fälla stora träd. Därefter skulle grenarna sågas av och stammarna dras ner till ån av hästar för att sedan flottas vidare nedströms som flottimmer. Karl hade berättat det för henne. Det var ett mycket farligt jobb, visste hon. Det kunde hända olyckor om man inte såg sig för.

Fadern svarade inte på hennes hälsning. Han muttrade bara något obegripligt till svar. Han pratade inte mycket och för det mesta var han otrevlig. Alma var inte van vid att han sa något uppmuntrande eller visade någon faderlig ömhet.

»Var försiktig!«, ropade hon efter brodern och vinkade till honom och de andra männen.

När hon var klar med hönsen gick hon in till modern i köket för att äta frukost. Där inne var det mörkt för köket hade bara ett fönster. Den murade spisen med skorstenen tog upp en stor del av köket. På hyllor som var uppsatta på de timrade väggarna stod några tallrikar på högkant. Det grovtimrade bordet, bänken och de två stolarna var väldigt gamla. Morfadern hade tillverkat dem. Djupa repor i bordsskivan visade att det var väl använt.

Alma satt vid bordet tillsammans med modern. Som vanligt bestod frukosten av sill och potatis, mjölk utspädd med vatten och en bit bröd. De använda samma kniv som männen redan hade använt och drack ur sina muggar.

»När du är klar kan du komma med mig. Vi ska gå med mat till männen i skogen.«

Alma nickade.

»Men först ska du hjälpa mig att skära grönsaker.«

Återigen nickade Alma.

»Du säger inte mycket idag. Är du sur idag?«

»Nej. Jag är mätt.«

»Redan? Det var ju inte mycket du åt. Men då kan du gå ut. Jag ropar på dig när jag behöver dig.«

»Jag ska bara duka av«, sa Alma.

»Låt det vara. Det gör jag.«

Alma blev förvånad över att modern var så vänlig mot henne idag. Var det Karls bestraffning igår som hade gjort det? Men hon var glad över att få lite fritid. Hon skulle kunna gå ner till ån och fördriva tiden där. Där fanns det vackra blommor och andra växter hon skulle kunna plocka. Och om hon hade tur, skulle hon kanske få se några fiskar i vattnet. Karl hade lovat att lära henne fiska med metspö. Hon skulle fråga honom om det igen.

Hon rycktes upp ur sina tankar av moderns rop: »Kom Alma, vi måste snart ge oss iväg!«

Alma och modern gav sig iväg ut i skogen med maten. De visste på ett ungefär var männen arbetade, men de var alltid tvungna att lyssna från vilket håll yxhuggen kom. Det ekade högt genom skogen och snart var Alma och modern framme vid männens arbetsplats.

»Hej Karl!«, sa Alma till brodern. »Hej far!«

Männen stannade upp i arbetet och strök svetten ur pannorna. De lade undan verktygen och kom närmare. Under tiden hade modern börjat duka fram maten på en större slät sten.

Efter maten satt de kvar tillsammans en stund. Karl hade lagt armen om Alma som lutade sig mot honom. De andra männen diskuterade vad som skulle göras härnäst. De hade problem med ett träd som inte hade velat falla till marken, utan fastnat i en grenklyka på grannträdet.

»Nä, nu får vi allt sätta igång igen!«, ropade för-
mannen, så att alla förstod att nu var rasten över.
Karl sköt Alma lätt åt sidan och reste sig även han.
Alma och modern plockade ihop tallrikarna och
det som blev över av maten och gav sig av hemåt
igen. Det hann bli kväll innan Karl kom hem till-
sammans med fadern.

Sommaren höll på att lida mot sitt slut och det kän-
des att hösten var i antågande. Nätterna började bli
kallare och Alma gick ofta och lade sig hos brodern
i hans säng på natten. Värmen gjorde så gott.
Så var det också denna kväll. Karl berättade en
spännande historia för henne om ett ormliknande
odjur, som var så långt att det räckte runt hela jor-
den. Men hjälten kunde tämja djuret. Med ett slag
från sitt magiska svärd delade han odjuret mitt itu
och så var världen räddad igen. Då kunde Alma
somna lugnt.
Någon gång på natten vaknade hon. Hon kände
hur Karl låg och smög sig tätt intill henne. Själv vi-
lade hon med halsen på hans starka arm. Hon
kände tydligt hans heta andetag mot örat. »Jag äls-
kar dig, Alma min«, viskade han.
»Jag älskar dig också, min bror«, svarade hon söm-
nigt. Karl smög sig nu ännu närmare henne.

1903, Nyheter från Sankt Petersburg

Alma hade mekaniskt dragit fram nästa brev från Karl. Hon tänkte tillbaka på sin barndom. Den här gången var det också ett vykort med vackra ståtliga byggnader i den ryska staden vid Östersjön. Man kunde se långa rader av vita hus som kantade en pampig gata.

Kära syster!
Jag tror att jag har sett nästan alla hamnar runt Östersjön nu med vår lilla fraktbåt. Stora som små. Det har gått nästan ett år. Kommer du ihåg vad jag sa om de två bilderna av vikingaskeppen som är inristade på ytterväggen till vår kyrka? Jo, att jag också skulle vilja gå till sjöss en dag. Nu har jag gjort det. Igår nådde jag Sankt Petersburg med ångfartyget »Baltika«. Arbetet ombord är hårt, men omväxlande. Jag tjänar inte så mycket, men det gör inget. Jag har ändå inte så mycket tid att spendera pengarna på här heller, för snart seglar vi vidare. Kamraterna är riktiga råskinn. Det är inte så lätt att vänja sig vid den hårda jargongen.
Ha det så bra tills nästa gång.
Tyvärr kan jag inte ge dig någon adress eftersom jag inte vet vart vi ska. Kanske kommer vi att ligga kvar i någon stad en längre tid. Då kan du skriva till mig och berätta hur du har det hemma.
Din broder Karl

***

Alma hade börjat skolan för några månader sedan. Skolan låg precis bredvid kyrkan. Hon trivdes bra och deltog ivrigt i undervisningen. Hon tyckte också bra om lärarinnan.

»Du är flitig, Alma. Av dig kan det bli någonting en dag.« Alma rodnade, men gladde sig åt berömmet. När hon kom hem berättade hon vid middagsbordet vad hon hade upplevt.

»Så bra«, sa modern. »Det var roligt att höra.«

»Äsch«, sa fadern. »Varför ska hon lära sig så mycket? Skriva, läsa, räkna: Det räcker tills hon ska gifta sig. Mer behöver hon inte veta för det.«

»Gifta sig. Du pratar om att gifta sig. Flickan är ju inte mer än sex år fyllda.«

»Javisst. Och för det måste hon lära sig att hålla hus och gård i ordning. Det räcker för en tös när hon har fått en karl.«

»Och hon måste vara stark så att hon kan hugga i«, ingrep Karl. »Och rätt så vacker också, så att vi karlar har något att titta på.«

»Ni karlar? Du är fortfarande bara ett barn själv.« Modern tittade hånfullt på Karl.

»Jag är fjorton år. Jag är faktiskt vuxen.«

»Sluta nu«, sa fadern. »Det är färdigdiskuterat nu.«

Alma vaknade på natten av att hon kände att Karl vred och vände sig i sängen. Han rörde sig fram och tillbaka medan han stönade lågt. Vad var det med honom?

»Vad är det med dig, Karl? Kan du inte sova?«

Karl slutade genast röra på sig och svarade: »Det är bara bra. Jag drömde förmodligen något hemskt. Sov du igen.«
»Men jag hörde ju hur du …«, frågade Alma envis.
Men Karl avbröt henne barskt och vände sig om.
»Sov nu. Vi måste upp tidigt.«
Alma låg vaken länge. Vad hade hänt med Karl? Och varför var han så otrevlig? Så småningom somnade hon.

1904, Nyheter från Helsingfors

Alma hade plockat fram ett vykort igen ur brevhögen. Hon suckade djupt medan hon höll det i handen. Karl mådde alltid så bra på sina resor. Han verkade inte tänka på hur illa han hade gjort henne innan han lämnade henne ensam. Allt det onda han hade gjort henne verkade inte störa honom. Hur kunde han vara så hjärtlös!

Kära syster!

I Sankt Petersburg arbetade jag tio månader som hamnarbetare. Vi skyfflade kol hela tiden. På kvällarna hade vi alla kolsvarta händer. Även armarna och ansiktet var svarta av sot, det kan du ge dig på! Nu är jag glad att vi är på sjön igen och har kommit till Helsingfors med »Baltika«. I Finland är det oroligt, för landet står under tsarens förtryck. Det fick jag höra på en krog. På vintern ska det vara mycket kallt och otrevligt här till skillnad från hos oss i Småland. Men nu på sommaren kan jag njuta av värmen även här, och jag blir alltid lika förvånad över allt det gröna i naturen. Jag har inte sett så mycket av själva staden. När vi har hämtat ny last (virke förstås, vad skulle det annars kunna vara här) fortsätter vi färden. Jag har hört att vi ska lämna Östersjön och gå mot Norge. Jag skriver till dig när vi kommit fram dit. Din broder Karl.

***

Veckorna gick igen. Karls oro om natten upphörde inte. När Alma frågade igen om det var något som störde honom fortsatte han att svara med hård röst. »Låt mig vara i fred! Det är inget fel på mig.« Men senare hörde hon hur han stönade högt igen och hur han slutade med ett undertryckt skrik. Alma kunde inte somna efter det.

Nästa morgon, precis som alla andra dagar, måste Alma städa upp i föräldrarnas, sin och broderns sovkammare. När hon bäddade sängen såg hon en stor fläck på lakanet där Karl hade legat. Vad var det? Hon strök med handen över fläcken och kände att den var lite fuktig. Hade Karl varit uppe och hämtat mjölk under natten och spillt ut den? Nej, det skulle hon ha märkt och säkert vaknat av. Alma kunde inte förstå var fläcken kom ifrån. Men hon skulle fråga Karl om det senare.

På kvällen samma dag när de skulle gå till sängs igen gjorde hon det. Han stirrade på henne och sa att det inte angick henne. »Fråga aldrig något sådan igen, hör du det?«

Alma blev vettskrämd. Så hade hon aldrig upplevt brodern tidigare.

»Har du förstått, vad jag menar!«

»Ja, Karl, jag har förstått«, lyckades hon stamma fram.

»Och våga inte fråga mor!«

Alma var fortfarande rädd. »Nej jag ska inte säga något.«

Den kvällen och följande kvällar vågade hon inte krypa ner i Karls säng. Ändå hörde hon honom flåsa och stöna nästan varje natt. Och varenda gång var det en ny fläck som smälte samman med de andra. Lakanet och filten hade blivit riktigt stela på dessa ställen.

Det var tvättdag igen, och som alltid var hon tvungen att hjälpa modern. Modern ville dra av lakanen från sängarna, men Alma förekom henne: »Det kan jag göra mor. Och jag vill gärna lära mig att tvätta lakan.«
Modern tittade förvånat på henne, men så log hon: »Du har rätt, du är ju redan en stor flicka. Ta lakanen och gå ner till dammen och lägg dem i blöt.«
Alma försökte göra allt för att få bort de förrädiska fläckarna. Hon lyckades ganska bra, men det fanns fortfarande mörka ringar kvar. »Hoppas inte mor kommer att märka något«, tänkte Alma.
När Alma var klar tog modern hand om tvätten och kokade den. Det var ett hårt arbete. Man måste hämta vatten från ån i närheten, som sedan hälldes upp i en stor kittel. Det behövdes mycket ved för att få vattnet att koka. Elden gjorde att det blev väldigt varmt i köket och Alma var tvungen att öppna både fönster och dörrar. När det var dags tog modern upp den heta tvätten ur kitteln och lade den i en balja. Tillsammans släpade de ner den tunga baljan till ån, där de sköljde lakanen på ett grunt ställe. Tvätten fick sedan torka utomhus på klädstrecket.
»Det gjorde du bra, Alma. Det här får bli ditt jobb hädanefter.« Trots att det var tungt att tvätta vid ån

var Alma ändå nöjd. Hon hade lyckats bevara Karls hemlighet för modern. Hon ville på intet vis förarga honom. Då hade han säkert blivit arg.

32

1905, Nyheter från Bergen

Den här gången var det ett brev som nådde Alma vid midsommar. Hon var nu sjutton år och hade redan upplevt så mycket sedan hon drabbats av det onda - det onda som hade förändrat hennes liv och gjort henne till en ung förbittrad kvinna. Hon drog en djup suck och öppnade kuvertet. Hon tog fram ett vykort och ett brev. På vykortet kunde man se en småstad i en skärgård. Det var Bergen i Norge.

Kära syster!

Jag vill inte att du ska tro att jag är en dålig människa, men jag måste berätta för dig att jag suttit i fängelse i nästan ett år. I ett mörkt hål i en stenkällare under polishuset i Bergen. Tro mig, jag har inte begått något brott. Ändå fick jag min dom efter en kort rättegång. Man påstår att jag ska ha fuskat när jag spelade kort. Mina medspelare - alla norrmän - börja gräla om detta och det hela slutade med slagsmål på hamnhaket. När polisen kom var det hela redan över. Alla norrmän släpptes på fri fot efter att ha blivit förhörda. Det var bara en svart afrikan och jag som hamnade inför domaren. Så blir man behandlad som utlänning. Man är en främling, och som främling betraktas man som bråkmakare.

Men nu måste jag skynda mig med det här brevet, för jag har tagit hyra på en annan båt. Jag vet ännu inte vart vi ska gå, men jag hör av mig så snart jag kan, min lilla älskade syster.

Din broder Karl.

Alma lät händerna som hon höll brevet i sjunka ner i knäet. Ett års fängelse för slagsmål. Hur många år skulle han få av en domare för det som han hade gjort mot henne?

***

Det blev kallt tidigt denna höst. Alma frös under det tunna täcket. Under den mörka säsongen kom också spökena oftare. De ryckte i fönsterluckorna och ibland tyckte hon att hon hörde tysta skrapande ljud i väggarna. De ville komma in till henne! Hon darrade av köld och rädsla. Vad det skulle vara skönt om hon kunde få krypa ner till Karl i hans säng och värma sig lite. Det verkade som om han kunde läsa hennes tankar.

»Kom till mig Alma, jag kan ju höra hur tänderna skallrar på dig.« Hon hoppade snabbt upp ur sängen och sprang bort till brodern. Han hade redan lyft på täcket så att hon kunde hoppa ner till honom. Hon smög sig intill Karl som höll sin starka arm om henne. Allt var bra igen mellan dem och hon somnade lycklig.

Det blev faktiskt som förr igen. De sov nästan varje natt i samma säng, och Karls mardrömmar verkade som bortblåsta. Han sov lugnt, utan att stöna, men hon störde sig lite på att hans andedräkt luktade sprit. Han var bara femton år men tillhörde redan de karlar som efter jobbet öppnade en flaska hembränt och lät den gå laget runt.

En dag verkade männen ha druckit mer än vanligt.
När de kom hem sluddrade de och det var svårt att
förstå vad de sa. Modern skällde på dem, men fick
bara en örfil av fadern. »Vi vill ha mat! Varför står
inte maten på bordet?« Fadern stirrade argsint på
modern.

»Maten är klar«, stammade hon fram. »Jag ställde
den i ugnen för att den skulle hålla sig varm. Ni är
så sena …«.

»Vill du ge oss förmaningar? Ställ den på bordet!«
Modern gick ängsligt fram till spisen.

»Ser du min son? Så måste man prata med fruntim-
ren. Kom ihåg det!«

Karl nickade bekräftande: »Ja, far, det ska jag
komma ihåg.«

»Skynda dig och hämta brödet«, sa han och vände
sig till Alma.

Den natten sov Alma ensam i sin säng. Så an-
norlunda Karl hade blivit. Spriten var inte bra för
honom. När han drack liknade han mer och mer fa-
dern. När Karl kom in i sovkammaren låtsades
Alma sova. Karl gick fram till hennes säng. Han tog
henne i axeln och mumlade i hennes öra: »Det var
inte meningen, Alma.« Sedan pressade han läp-
parna mot hennes kind. Hon mådde illa av sprit-
lukten. »Du stinker ur munnen! Det är äckligt«, sa
hon och vände sig om.

Men Karl bara skrattade åt vad hon sagt.

1906, Nyheter från Rio de Janeiro

Återigen var det ett brev som Alma fått på sommaren samma år, som vanligt med ett vykort. På kortet kunde man se ett konstigt berg som låg nära ett stort hav. Enligt beskrivningen på kortets baksida kallades det för Sockertoppen, men Alma förstod inte namnet. Visst hade hon hört talas om sockertoppar, men ett berg som var en sockertopp? Ett märkligt namn tyckte hon.

Kära syster!
Världen är mycket större än vi kan föreställa oss. Från Norge seglade vi först söderut till Frankrike och Spanien och sedan till Casablanca i Nordafrika. Därefter satte vi kurs mot en ögrupp i Atlanten och därifrån till Sydamerika. Vi var flera veckor till sjöss. Nu är vi i Brasilien. Här är det mycket vackert med underbara stränder och palmskogar. Och señoritorna, så kallar man flickorna här, de ser så exotiska ut, så främmande. Men gör mig den tjänsten och bli inte avundsjuk. Kamraterna var galna i flickorna. En av dem kom inte ens tillbaka ombord. Om han stannade kvar hos någon flicka eller dog i ett rån i fattigkvarteren, det kommer jag aldrig att få veta. Men vi fick en ersättare direkt, en brasilianare. I morgon seglar vi vidare till Mexiko, och sedan då? Vem vet, kanske till andra sidan jorden. Någon gång, när vi har seglat världen runt, kommer vi tillbaka till Sverige. Det kommer att bli så roligt att få se dig igen, min lilla syster. Vi ses!
Din broder Karl.

Om det verkligen kommer att bli så roligt? Alma var inte så säker på det. Om han bara en enda gång kunde skriva att han bad om ursäkt. Men det handlade alltid om honom själv och inte om någonting annat. Vad inbillade han sig egentligen? Att hon var svartsjuk? Hon hatade honom!

***

Det blev en hård vinter. Alma fortsatte att krypa ner till sin bror i sängen, men om hon märkte att han hade druckit sprit ville hon helst vara ensam. Hon var rädd för att han skulle bli otrevlig mot henne då. Han skulle säkert inte göra henne illa, slå henne eller så, men Karl var annorlunda och inte särskilt trevlig när han var full. När hon låg i samma säng som brodern hörde hon alltid hur han stönade. De kvällar när hon låg jämte honom och smög sig intill honom njöt hon av hans närhet, men det var inte lika lätt som förr.

En natt när Alma hade somnat väckte brodern henne: »Alma, jag vill visa något för dig.« Sömndrucken satte hon sig upp i sängen och gnuggade ögonen.

»Vad är det då?«, frågade hon.

Karl stod bredvid sängen i långkalsongerna. Alma stirrade frågande på honom.

»Kom, ska du få se mina små klockor.« Med dessa ord drog han ner underbyxorna. Alma spärrade upp ögonen. Hon hade aldrig sett honom naken tidigare. Karl kom ett steg närmare.

»Ser du de små klockorna? Du kan göra så att de klingar.«

Hon tittade skeptiskt på sin bror. Det fick man ju inte göra, inte ens med syskon - visa sig så naken!

Alma vände sig åt sidan och drog täcket över huvudet. Hon hörde hur Karl fingrade med sina kläder och hur han sedan gick de par stegen bort till sin säng.

Den här natten var Karl extra rastlös. Alma höll för öronen för att slippa höra hans högljudda stönande. Snart blev det tyst.

Alma låg vaken länge. Vad var det som Karl hade velat att hon skulle göra? Varför hade han visat sig naken? Hon somnade rådvill men blev snart väckt igen av brodern. Han stod lutad över henne och sa med låg, hotfull röst: »Om du någonsin berättar för far eller mor om detta får du stryk av mig. Men om du håller vår hemlighet för dig själv kommer vi alltid att vara vänner.« Med dessa ord kysste han henne på pannan.

Tankarna virvlade runt i huvudet på Alma. Han som kunde vara så snäll - men ibland hatade hon honom. Vad menade han med klockorna? Varför var han naken? Så fick man väl inte göra! Hon hade aldrig sett en naken människa, inte ens far eller mor. Det måste väl vara något oanständigt, eller?

Allra helst hade hon velat ha en kammare för sig själv. En kammare som hon kunde låsa. Men det gick ju inte. Och inte ville hon skrämma bort sin bror heller. Men vad skulle hon göra? Alma grät tyst för sig själv. Hon var ensam med sina bekymmer. Hon kunde inte prata med föräldrarna om det och någon annan hade hon inte heller.

På söndagen var det gudstjänst igen. Hela familjen gick regelbundet i kyrkan. På söndagar och helger och vid högtider brukade Gustafssons alltid gå till kyrkan. De hade de gjort sedan de var barn. Där träffades hela byn, och om någon vågade lysa med sin frånvaro kom pastorn hem samma dag och tog reda på varför. Om syndaren inte hade någon bra ursäkt fick han läsa ur katekesen direkt på stället. Idag gick Alma och Karl i god tid före föräldrarna till kyrkan. När de hade kommit så långt hemifrån att ingen kunde höra dem brast Alma ut: »Varför visade du mig det där med dina klockor? Det var inte särskilt anständigt, tror jag. Det får man väl inte göra. Jag vill inte att du gör om det igen.« Hon skakade på huvudet som för att bekräfta vad hon sagt.
»Men Alma, det gjorde jag ju inte för att vara elak, och oanständigt är det inte heller. Vem har sagt det?«
»Ingen, jag har inte pratat med någon om det.«
»Det var bra«, svarade Karl. »Jag är ju din storebror. Du kan alltid lita på mig, Alma. Jag kommer alltid att beskydda dig. Du vet att jag är stark. När jag håller om dig försvinner till och med spökena och de onda andarna.«

»Ja, det stämmer«, svarade Alma tvekande. »Men vad har det med dina klockor att göra?«

»Lyssna på mig, Alma. Jag skulle aldrig kunna göra dig något illa. Men jag vill visa dig att jag håller av dig. Och du ska hålla av mig också. Och om vi håller ihop kan ingenting hända oss. Förstår du?«

Alma tvekade igen men frågade sedan: »Jo, men varför var du tvungen att visa dig naken? Det förstår jag inte.«

»Då ska du få höra. Tänk på den stora tavlan över mors och fars säng. Vad ser du på den?«

Alma försökte föreställa sig tavlan. Den hade en tjock guldfärgad ram. Man kunde se den heliga familjen på den. Vid Guds fötter satt änglar som svävade runt den heliga gestalten på moln. Det var många änglar och alla var – nakna. De gömde sig inte för varandra, och några av dem höll varandra i armarna eller om axlarna. Karl hade alltså rätt, nakna änglar. Det var änglar förstås, men de såg ut som människor. Som barn, som hon och Karl.

»Kanske«, sa hon, »men jag är inte så säker.«

»Men tror du att våra föräldrar skulle ha en oanständig tavla hängande över sin säng?«

»Egentligen inte«, måste Alma erkänna.

»Och i kyrkan ser du också nakna änglar, eller hur?«

»Jag vet inte.«

»Jag ska visa dig när vi sitter i kyrkan.«

När de kom fram till den lilla kyrkan med de vita stenmurarna var det inte många besökare där.

Några stod och väntade framför ingången och pratade med varandra. Andra hade gått till kyrkogården för att besöka sina familjegravar. Kyrkan stod på en liten kulle och var synlig från hela dalen. Klockstapeln av tjugo huggna trädstammar stod en bit bort från kyrkan. Längst upp i klockstapeln hängde två tunga klockor. De tre tjocka trädstammarna som tjänade som ställning till det tunga klockverket var rikt dekorerade. I mitten, långt ner under klockorna, fanns det en slags jordkällare. Det var härifrån man satte igång klockorna. För en tid sedan hade Karl visat allt för sin syster.

»Jag ska visa dig något annat vid den norra kyrkmuren«, hade han sagt då. De hade gått bakom kyrkan. Karl stannade till vid ett tillfälle.

»Titta här«, hade han sagt och pekat på en hällristning i murväggen. »Ett vikingaskepp. Någon har ristat in det här för nära tusen år sedan.«

»Är kyrkan verkligen så gammal?«

»Ja«, svarade Karl. »På den tiden var det en hednisk gudaboning, tillägnad gudarna Tor och Oden, precis som källan bakom kyrkan. Den hade redan på den tiden stora helande krafter och gav människorna kraft och styrka när de bad om hjälp där.«

»Du vet så mycket.« Alma tittade beundransvärt på sin storebror.

»Och jag ska också gå till sjöss en gång.«

»På ett sådant vikingaskepp?«, frågade Alma.

Karl skrattade. »Din dummer! Nej, på ett modernt ångfartyg förstås.«

Klockorna började ringa. Det var dags att samlas framför ingången till kyrkan. Även Karl och Alma ställde sig jämte de andra kyrkobesökarna. Prästen stod i dörren och hälsade varje besökare välkommen. På så sätt kunde han kontrollera vem som var ett duktigt litet får i församlingen.

1907, Nyheter från Tokyo

Kan man komma längre bort än till Japan? Alma visste inte det, men landet verkade så konstigt, så annorlunda i hennes ögon att det inte kunde finnas ett mer avlägset land i hela världen. Till och med frimärket på vykortet var ovanligt med sina skrivtecken som såg ut som om de var skrivna med bläck. Och papperet var lövtunt; ett mirakel att brevet kunnat överleva en så lång resa. Hon öppnade det väldigt försiktigt så att inte det vackra papperet skulle gå sönder.

Kära syster!
Nu har jag varit ute och rest några år, men jag har fortfarande ingen riktig hemlängtan. Visst skulle jag gärna vilja träffa dig igen och krama om dig ordentligt, men resorna till alla fjärrans länder runt om i världen är så intressanta och spännande att jag inte ens kan tänka på hemlängtan. Hur mår mor och far? Jag hoppas att de inte är för stränga mot dig. Om det skulle vara så, så säg till mig. Då kommer jag hem och straffar dem, för jag kommer alltid att finnas till för dig, även på avstånd!
Din broder Karl.

Alma skakade på huvudet. Skulle han straffa föräldrarna? Men vem skulle straffa Karl? Han som hade förstört hennes liv, hennes själ. Finns det egentligen något straff för det? Det hade hon aldrig hört talas om. Vad skulle hon ge för straff om hon kunde? Fängelse? Tvångsarbete? Dödsstraff? Vad skulle vara rättvist?

***

På söndagen gick de till kyrkan som vanligt. Det var en kort promenad genom skogen och sedan förbi den lilla byn. De hälsade på de andra byborna som också skulle delta i gudstjänsten.

Karl och Alma gick in i kyrkan. Så fort de satt sig i kyrkbänken stötte Karl till sin syster och pekade mot väggen framför dem. Alma nickade. Hon hade redan upptäckt tavlan. Det var en stor målning med en gyllene ram. Prästen talade från predikstolen. De båda syskonen lyssnade bara halvhjärtat. De var helt försjunkna i sina tankar. Men när prästen talade om den broderskärlek som man skulle bemöta sina medmänniskor med, lyssnade båda uppmärksamt: »... den som älskar sin broder, han förbliver i ljuset, och i honom är intet som länder till fall...«

De tittade på varandra med stora ögon. »Du hade rätt, Karl. Allt är bra mellan oss.« Karl vågade knappt tro att det var sant. Predikan var som gjord för honom. Han tog Almas hand och tryckte den hårt.

När gudstjänsten var slut gick de hem tillsammans. Plötsligt stannade Alma till och sa till sin bror: »Men om pastorn talade om broderskärlek, varför måste det då förbli en hemlighet mellan oss? Varför får inte våra föräldrar veta något? Det förstår jag inte.«

Karl tittade på henne, sedan lutade han sig mot henne och såg henne djupt i ögonen: »Därför att de skulle bli avundsjuka då. De skulle tro att vår syskonkärlek är större än deras kärlek till oss. Förstår du det?« Alma såg tvekande ut.

»Förstår du det, Alma?«, upprepade Karl.

»Ja, det tror jag.«

»Är du verkligen säker på att du kan behålla vår hemlighet för dig själv och inte prata med någon om det?«

Alma nickade. »Ja, det kan jag«, sa hon med bestämd röst.

»Kom då, så går vi hem.« Karl räckte Alma handen, som grep den villigt.

1908, Nyheter från Jakarta

Nästa brev från Karl var dramatiskt. Resan var sannerligen inte fattig på äventyr, men han kom alltid undan oskadd. Att han inte nämnde något om hennes problem den här gången heller kunde hon nästan förstå, men bara nästan. Kanske skulle han få sitt straff i alla fall någon gång för att han handlat så orätt. Men räckte det? Kan man kvitta det onda man vederfarits mot allt det onda man tillfogat andra? Borde inte straffet istället verkställas av den som utsatts för det onda?

Alma plockade fram brevet och började läsa.

Kära syster!
Nu har jag kommit till Sydostasiens övärld, och jag kan berätta för dig att aldrig har jag varit så glad att vara tillbaka ombord på ett fartyg igen som nu. Du kommer knappast att tro mig, men jag och några kamrater togs till fånga av pirater. De kapade vårt fraktfartyg med två båtar och dödade kaptenen omedelbart. Sedan tvingade de oss att segla till en dold hamn på en liten ö. De beslagtog lasten och låste in oss i en fängelsehåla. Där hade vi sällskap av spindlar, ödlor, råttor och ormar, och maten kastades bara in till oss på golvet. Kan du föreställa dig något sådant? Att behöva äta på golvet och dricker ruttet vatten månader i sträck? Tre kamrater dog av för mig okända sjukdomar. När man skulle flytta oss till ett annat fängelse lyckades jag fly tillsammans med en kamrat från Spanien. Nu är vi i Jakarta. Vi har tagit ny hyra och ska snart lämna landet. Tro det eller ej, men jag har

*faktiskt lärt mig be här. Tror du att Gud i himlen har
hjälpt mig? Vi kommer säkert att träffas igen någon
gång.*
Din broder Karl.

Var det rättvist? Alma förstod ingenting. Skulle
Gud rädda honom av alla människor i världen från
ett dödsstraff? Fanns det inga andra människor
som hade förtjänat att bli hjälpta mycket bättre?
Hon skakade på huvudet och lade tillbaka brevet i
brevhögen. Det förflutna dök upp igen och Alma
förlorade sig i sina minnen. Var hade Gud varit när
hon hade behövt honom som mest?

***

Karls närmande skedde inte lika ofta längre, men
desto intensivare. Vanligtvis gick det veckor innan
han kom till Alma igen med orden: »Gör så att
klockorna klingar«. Då visste Alma att han ville bli
smekt igen, han lät sig smekas medan han stönade
och flåsade allt snabbare och ljudligare, och medan
han ropade »Jag hör dem klinga!« utgjöt han sin
säd i hennes hand.
Alma kände obehag när hon var tvungen att röra
vid honom. Efter hans befrielse, som hon kallade
det, tvättade hon händerna noggrant i handfatet.
Efter predikan i kyrkan var hon förvissad om att de
inte gjorde något fel, ändå kände hon fortfarande
tvivel. Var det verkligen riktigt, eller kanske ändå
syndigt?

47

Efter varje befrielse som hon hjälpt brodern till bad hon till Gud och hoppades på ett svar eller åtminstone ett tecken på vad hon skulle göra. Hennes böner blev obesvarade och hon var fortfarande ensam med sina tvivel.

Om hon tvekade det minsta att följa Karls uppmaning att få klockorna att klinga blev han allt mer krävande, tog själv hennes hand och förde den dit han ville ha den. Han fattade så hårt om handen att det gjorde ont i handleden och röda fläckar uppstod som sedan blev blå.

Det var inte lätt att dölja dem för moderns blickar, och en dag när hon höll på att tvätta, frågade modern henne vad som hade hänt och pekade på blåmärkena på handleden.

Alma hade sedan länge tänkt ut vad hon skulle svara, men nu blev hon alldeles röd i ansiktet. Hon svarade stammande: »Igår när jag skulle ge kalven foder klämde jag armen.«

Modern tittade förvånat på henne. »Igår?«

»Ja, det kanske var i förrgår eller för ett par dagar sedan.«

Modern nöjde sig med svaret och ställde inga fler frågor.

Alma kände sig illa till mods. Hon hade ljugit för modern, även om hon visste att hon inte fick. Men vad skulle hon göra? Hon kunde ju inte avslöja hemligheten som hon och Karl bar på tillsammans. Alma var förtvivlad.

På kvällen ville Karl att hon skulle lägga sig bredvid honom igen, men hon ville inte. Hon äcklades alldeles för mycket inför det som skulle hända. Då gick Karl fram till hennes säng, lyfte upp henne och bar bort henne till sin egen säng. Återigen var hon tvungen att böja sig för hans vilja och låta klockorna klinga. Nu ville han även att hon skulle kyssa honom där nere. Hon kände hur hon nästan ville kräkas. På morgonen därefter ville hon inte gå upp. Hon kände sig eländig. Modern kom in i sovrummet. Hon såg hur blek dottern var i ansiktet.

»Du ser sjuk ut«, konstaterade hon och kände på Almas panna. »Du är ju alldeles het. Gå genast och lägg dig igen! Jag kokar lite örter så att febern går ner.«

När modern kom in med drycken i sovrummet höll Alma på att bädda Karls säng. Hon ville dölja spåren från föregående natt för modern.

»Sluta med det«, ropade modern. »Gå genast och lägg dig! Jag tar hand om Karls säng.«

»Men det kan väl jag …«, kom det från Alma.

»Inte alls«. Modern drog energiskt bort Alma från Karls säng.

Alma måste lyda. Hon betraktade modern med rädsla. Tänk om hon upptäckte fläcken. Modern tog bort täcket och började släta ut lakanet. Plötsligt stannade hon upp. Hon kände med handen över lakanet. Sedan fortsatte hon, men kastade en orolig blick över axeln mot dottern.

»Har du inget att berätta för mig?«, frågade hon. Men Alma ruskade på huvudet och drog täcket ända upp till halsen. Nu var hon mycket rädd för Karl.

Modern tittade på Alma igen innan hon lämnade rummet med Karls lakan på armen.

1909, Nyheter från New York

Nu hade alltså Karl kommit till USA, som det hette, eller Amerika, som man för det mesta sa. Amerika, som så många svenskar hade emigrerat till. Det hade även några från grannbyarna gjort. Det hade Alma hört föräldrarna berätta. Landet där alla kunde bli rika om man bara gjorde det på rätt sätt. Från skoputsare till hotellägare, från diskare till industrimagnat. Det var i alla fall vad man sa runt om på bygden. Ju mer man berättade detta vidare, desto mer fantastiska blev berättelserna. Många sparade pengar och sålde allt de ägde för att kunna betala resan till Amerika. Och om det inte räckte lånade de pengar av släktingar eller vänner. När de hade fått ihop tillräckligt med pengar packade de sina koffertar och gav sig iväg till Göteborg för att skaffa sig en båtbiljett till New York. Det pratades mycket om detta, man läste om det i brev, men aldrig hade en rik utvandrare hittat vägen tillbaka till de småländska byarna och skogarna.

Karl kunde lika gärna stanna där! Alma kunde knappt hålla tårarna tillbaka. Inte för att hon saknade honom, utan av sorg över sitt öde, som hon hade honom att tacka för, han den förbannade, en gång älskade brodern. Han var skuld till hennes ensamhet, hennes försummade liv, hon som betraktades som galen och vars hem verkade vara Tvetas kyrka. Hon hade blivit stämplad som den tokiga flickan.

Brevet skakade lika mycket som hennes händer. Raderna blev suddigare och tårarna dolde Karls handstil. Ändå kunde hon varje ord utantill. Så ofta hade hon läst breven. Hon tänkte tillbaka på sin barndom.

Kära syster!

Nu har jag kommit till New York, kanske världens största stad. Hamnen är jättestor och hit kommer fartyg med utvandrare från Europa varje dag. Frihetsgudinnan lovar ett gott liv och möjligheten att bli rik och respekterad. Det är nästan som på vikingatiden. Även på den tiden återvände sjöfararna ofta hem med mycket silver i lasten. Kanske lyckas jag med det också. Jag ska i varje fall försöka ta vara på tillfället. Och så kommer jag att ta med presenter till dig och mor och far, bara de allra vackraste och finaste, det lovar jag.

Igår var jag inne i stan några timmar. Du kan inte föreställa dig hur det är att ströva utmed de långa gatorna mellan skyskraporna, kantade av butiker som säljer guld och diamanter, finaste kläder och livsmedel från hela världen. Men bara några kvarter bort lever människor från alla herrans länder i smutsiga och trånga kvarter. Rika och fattiga, så nära inpå varandra. Och jag vet vilken grupp jag vill tillhöra. I alla fall inte till de fattiga, lita på det. Så vänta på mig, lilla vän.

Din broder Karl.

»Du kan lika gärna dö av girighet«, sa Alma. Hon tittade sig förskräckt omkring för att se om någon hade hört hennes hemska förbannelse. Men naturligtvis var hon ensam i huset.

***

På kvällen när Alma låg i sängen hörde hon röster från köket. Modern hade berättat för fadern om Almas blåmärken och om hennes misstanke att Karl hade trängt sig på sin syster. Fadern hade talat allvar med Karl, vilket hade urartat i ett vilt bråk. Även om Alma inte förstod allt som sades, visste hon att det handlade om henne och Karl. Far och son skrek högt till varandra. Plötsligt hördes ett ljudligt buller. Sedan hörde Alma hur modern jämrade sig och hur fadern skällde på henne. Alma hörde hur en örfil föll och hur det small i dörren. Sedan blev det tyst.

Den här natten kom inte Karl in i kammaren och Alma såg inte till brodern nästa dag heller. När han kom hem från jobbet på kvällen såg hon att han hade ett svullet öga. Han vågade knappast titta på Alma eller föräldrarna. Kvällsmaten åts under tystnad. Ingen sa någonting. När de hade ätit färdigt gick Karl ut ur köket utan att säga något.
»Vart ska Karl?«, frågade Alma.
Fadern och modern tittade på varandra. Modern svarade då att han skulle sova några dagar i ladan.
»Han måste fundera på vad han har gjort.« Hon tittade uppmanande på Alma som nickade tillbaka och gick och lade sig.

»Annars hamnar han inför rätta i Målilla«, tillade fadern ilsket.

Karl var borta över natten hela veckan. På ett sätt saknade Alma sin bror, men samtidigt var hon glad över att han lämnade henne ifred. Hennes känslor svängde fram och tillbaka. Hon måste själv prata med Karl beslöt hon.
Under dagarna som gick sades det inte mycket vid måltiderna. Missämjan blev alltför plågsam för familjen. När Karl sedan fick sova i kammaren igen efter en vecka utbytte syskonen bara några ord med varandra. Karl brukade vända sig på sidan och somnade efter en stund, eller så låtsades han bara sova. Alma för sin del vågade inte tala med brodern. Det skulle nog dröja innan hon vågade prata med honom om klockorna och hans begär.

1910, Nyheter från New York

Ytterligare ett år hade gått och återigen hade brevet postats i New York. Karl hade alltså förverkligat sin dröm och stannat där. Det var där han ville pröva lyckan och bli rik för att sedan återvända till Småland och Tveta. Vänta du bara, min käre bror. Du anar inte vilket välkomnande du kommer att få. Almas tankar började snurra …

Kära syster!
Jag stannade kvar i den stora staden. Jag tror att det finns människor från världens alla länder här, som vill börja ett nytt liv igen. Jag har också träffat många från vårt hemland, även folk från våra trakter. Kan du tänka dig det? Här reser man jorden runt, blir fast i en jättestor stad, bor tillsammans med tjugo andra personer på samma våning och hittar en ung kamrat som kommer inte långt hemifrån. Han heter Torbjörn och kommer från Målilla. Jag pratar förstås mycket med honom eftersom vi talar samma språk. Vi arbetar tillsammans i ett hotellkök och tjänar skapligt. Fast det kan jag inte bli rik av, så jag letar alltid efter nya möjligheter. Och jag tror att jag snart kommer att hitta något som kommer att ge mig dubbelt så mycket dollar som nu. Jag hoppas jag kan berätta om det nästa gång.
Så glöm mig inte fram tills dess!
Din broder Karl.
PS. Du kan väl skriva till mig, för jag kommer förmodligen att stanna i New York en längre tid. Jag bor och

arbetar på Hotel Troubadour, Johnsonstreet 264. Jag skulle bli glad om du eller mor och far skrev till mig.

Jag kommer aldrig att skriva till dig. Det kan du verkligen inte förvänta dig, att jag ska höra av mig efter allt som hänt. Bläcket skulle rinna ut över papperet av alla tårar och fingrarna skulle brytas av medan jag skrev! Du vill bara veta hur det är här i byn. Hur jag mår, hur det ser ut inuti mig, det skulle du aldrig fråga. Nej, Karl, från mig kommer du inte att få höra ett ord. Och dig ska jag komma ihåg? Hur hade du tänkt dig det?

***

Snart var det midsommar. Alma hjälpte kyrkvärden med att smycka den lilla kyrkan. Hela morgonen gick hon runt på fälten och plockade blommor, som hon stoppade ner i små fina linnepåsar och bar iväg till kyrkan. Tillsammans med några andra kvinnor band hon kransar och girlanger av blommorna. Snart var kyrkan vackert smyckad.
Männen i den lilla byn hade klätt majstången som stod på festplatsen. Stammen och tvärslån var smyckade med färska björklöv och färggranna sommarblomster som var inflätade i lövverket och hölls ihop av blå och gula pappersband.

Tidigt på eftermiddagen samlades byborna, både vuxna och barn, från de omgivande gårdarna vid majstången. De bar sina högtidskläder på samma sätt som de hade gjort i århundraden. Männen hade broderade västar och filthattar medan kvinnorna bar livkjolar och broderade blusar och granna huvudbonader. Tillsammans gick de in i kyrkan för att fira gudstjänst. Inuti var kyrkan rikligt smyckad med färskt björklöv och vackra blommor.

Efter gudstjänsten gick de ut igen. I skuggan av en björk hade ett spelmanslag ställt sig i ordning. Tre äldre män spelade de gamla visorna som man sjungit vid midsommar i många generationer. Musiken från dragspel, fiol och nyckelharpa fick gästerna på gott humör. Man dansade runt majstången, men det var främst barn och kvinnor som deltog. Kvinnorna drack kaffe och männen brännvin. Flickorna dansade med blomkransar i håret.

Även i år flödade brännvinet rikligt till midsommar. Männen hade alla minst en flaska hembränt med sig var. Snart hördes de första sångerna och snart var det första fylleslagsmålet igång. Det dröjde emellertid inte länge förrän bråkstakarna var vänner igen och skålade med varandra. Åskådarna skrattade åt blåtirorna och bulorna som busarna fått. Karl hörde också till dem som bråkade. Alma hade sett hur han hade bråkat högljutt med en annan yngling. Karl hade plötsligt börjat ge sig på den andra med knytnävarna. Flera av de omkringstående hade försökt skilja dem åt. Karl hade ropat svordomar efter motståndaren när denne vände sig om och lämnade festplatsen.

Alma skämdes för brodern som var berusad och hade gett sig in i ett slagsmål. Var det hennes älskade storebror? Han blev så förändrad när han drack brännvin. Hon hade fått nog av festen och gick hem lagom till kvällsmaten. Hon gjorde i ordning allt i köket, och snart kom modern. »Karlarna kommer nog sent idag«, suckade hon. »De kommer att vara stupfulla, när de kommer hem. Hoppas allt går bra. Den förbannade spriten!«

»Men mor svär ju!«, sa Alma förvånat.

»Du har rätt, det borde man egentligen inte göra, men ibland hjälper det faktiskt.«

När Alma och modern hade ätit färdigt satte de sig för att handarbeta. Alma hjälpte till en stund med att väva, innan hon gick upp och lade sig. Även om det var sent var det fortfarande ljust ute, och Alma hade svårt att somna. Hon var rädd att Karl skulle vara full när han kom in till henne i sovrummet. Då skulle han be henne om det där äckliga igen. Men hon hoppades att han skulle var så berusad att han inte skulle klara av det, utan istället omedelbart skulle kasta sig på sängen med kläderna på och bara somna.

Då hörde hon plötsligt ytterdörren och hur det dånade när Karl snubblade uppför trappan. Det lät inte bra! Alma drog täcket över huvudet och ville helst bara försvinna i tomma intet tills brodern hade somnat, men så hörde hon hans röst genom täcket: »Alma lilla, klockorna väntar!«

Alma höll för öronen och kröp ihop under täcket.

»Kom fram, Alma lilla, så vi får leka lite.«

Flickan rörde sig inte ur fläcken.

»Kom igen, Alma, idag är det en speciell dag«, försökte han locka henne. Alma låtsade som att hon sov igen, men då ryckte Karl av täcket så att hon låg där i bara särken. Hon vände ryggen mot Karl.

»Vänd på dig, du vet vad jag tycker om.«

Alma rörde inte på sig. Plötsligt kände hon hur Karl grep tag i axeln på henne och skakade henne.

»Vänd på dig!«, befallde brodern med hård röst den här gången. Alma började gråta så att det ryckte i axlarna.

»Lipa du gärna, men nu vill jag ha det som jag har rätt till. Vänd på dig nu!«

När Alma fortfarande inte rörde på sig lutade han sig över henne. Han grep tag i axlarna på henne med våld och tvingade henne att vända på sig. Han satte sig grensle på henne. Hon blev förskräckt när hon såg att han var helt naken.

»Idag ska vi göra något väldigt speciellt, Alma lilla. Du kommer att tycka om det. Du behöver bara göra som jag säger«, sade han och började knäppa upp knapparna på hennes särk. Alma försökte stoppa honom med båda händerna, men han var starkare och sköt bort hennes armar.

»Gör dig inte till, låt mig fortsätta.«

»Nej!«, skrek Alma, »jag vill inte. Du är full!«

Karl skrattade: »Jag ska snart släppa dig, men först …«.

»Du gör ingenting!«

»Du vill inte, men jag! Och du kommer att tycka om det, ska du få se.«

Karl tog tag i kragen på särken och slet itu den. Nu var Alma naken ända ner till naveln. Hon stirrade förskräckt på Karl, men han skrattade bara och fortsatte att slita i tyget så att det revs upp ända ner. Alma började gråta, vilket retade Karl ännu mer. Han lade sig naken på henne och började kyssa henne. Han stank av brännvin och tobak. Alma vred huvudet åt sidan, men Karl var stark nog att tvinga henne att göra det han ville. Hon kände hur han tvingade isär hennes ben och pressade sig in i henne. Nu skrek hon högt, men Karl tryckte till hennes mun med handen. Alma kunde knappast andas. Desperat rev hon Karl med fingrarna över axlarna och sedan i ansiktet. Hon slet av honom hårtofsar, men han släppte inte taget. Det gjorde så ont när han grep tag i henne att hon trodde att han skulle krossa munnen på henne. Med andra handen manövrerade han lemmen så att han kunde slutföra sitt verk. Hon kände hur hon blev spetsad innan hon förlorade medvetandet.

Alma vaknade upp igen och kände en svidande smärta i kroppen samtidigt som hon hörde både rop och buller i rummet. Långsamt började hon varsebli omgivningen. Fadern och modern hade kommit inrusande i rummet. De hade hört Almas skrik och blivit varse vad som hänt. Alma såg hur fadern gav Karl ett fruktansvärt knytnävslag över näsan. Karl vacklade tillbaka och ramlade på Alma, som skrek till och vred sig av smärta. Fadern grep tag i Karls hår och drog upp honom från sängen. Sedan slog han honom flera gånger med båda knytnävarna. Blodet sprutade ur näsan på Karl och lämnade efter sig röda fläckar på lakanen. Nu gick modern emellan och slet fadern i håret. »Nu räcker det, du slår ju ihjäl honom!«

Fadern vände sig om, som om han skulle slå till modern. Men i sista stund hejdade han sig och skrek åt henne: »Och om jag dödar honom, så förtjänar han det!«

Förskräckt över vad hennes man hade sagt slog hon händerna för ansiktet och började gråta.

Detta ögonblick utnyttjade Karl. Mödosamt reste han sig upp och slog till fadern från sidan med ett knytnävslag som träffade örat. Sedan sprang han ut ur rummet, gjorde en kullerbytta i trappan och rusade ut ur huset. »Ni kommer aldrig att få se mig igen, aldrig mer!« ropade han nedifrån.

»Förbannade pojk! Tro inte att du kommer undan så lätt!«, skrek fadern ilsket och rusade efter sonen.

Alma satte sig gråtande upp i sängen. Hon hade starka smärtor i underlivet, som om något hade rivits sönder inuti henne. Darrande tittade hon på sin nakna kropp och såg blod på låren och lakanet. Hon skrek till av skräck.

Modern vände sig mot Alma. »Varför var du tvungen att ge dig i slag med din bror?«, sa hon med darrande röst.

Alma såg misstroget på modern. »Är det allt mor kan säga?«

»Jag vet inte vad jag annars skulle säga. Det är så förskräckligt alltihop. Och vi får inte prata om det, för då kommer skvallerkvarnarna i byn att börja mala och håna oss.«

»Mor!«, skrek Alma medan tårarna rann nedför kinderna. »Tänker du inte en enda gång på mig? Inte på hur ont jag har? Vad skal jag göra?«

Modern tystnade ett ögonblick, sedan sa hon:

»Jag värmer vatten till ett bad, du måste tvätta dig noggrant, hör du det? Mycket noggrant. Framför allt där nere«, och pekade på Almas underliv. Med dessa ord lämnade hon kammaren. »Jag kallar på dig när jag har hällt i vattnet«, hördes hon ropa från trappan.

Med de orden lämnade hon sin dotter ensam. Naken och skändad låg hon på det blodfläckade lakanet, ihopkrupen som ett spädbarn. Hon var ensam med sin smärta och sin rädsla, sin sårbarhet och skam. Alma började frysa och skaka som om det var mitt i kalla vintern och inte midsommarafton.

1911, Nyheter från New York

Alma hade tagit fram nästa brev. Det brev som hon hade läst allra mest. För första gången hade Karl visat ånger. Ånger över allt det onda han hade tillfogat henne den där midsommaraftonen för många år sedan. Och nu ville han kompensera henne för lidandet med sina besparingar, med pengar? Hur skulle det gå till? Hur kan man läka en trasig själ? Hur mycket pengar är den värd, en förstörd själ? Trodde han verkligen att han skulle kunna göra det så lätt för sig?

Kära syster.
Kommer du ihåg? I förra brevet skrev jag att jag skulle hitta ett jobb som var mycket bättre betalt. Det har jag också. Jag tjänar så mycket nu att jag kan lägga undan några kronor varje vecka. Jag har redan fått ihop en rejäl summa. Och tro mig, det kommer att bli mycket mer. Och då kan jag äntligen komma hem till Tveta igen. För hur vackert det än är runt om i världen, så saknar jag vår lilla by och det vackra landskapet med alla blommor. Och naturligtvis saknar jag vårt hem och dig också. Ja, jag saknar dig. Och jag tror att jag måste ställa saker och ting till rätta efter det som hände då. Kära Alma, jag ville aldrig göra dig illa. Det måste du tro.
Din broder Karl.

Det var helt nya tongångar. Var det någon slags ånger? Visste han överhuvudtaget vad det var för något? Och om det var ånger, skulle hon då vara beredd att förlåta honom? Alma var inte så säker på det. Nej, Karl! Jag kommer aldrig att förlåta dig.

***

Efter slagsmålet med fadern hade Karl faktiskt tagit till flykten. Efter det att han störtat nedför trappan kom han aldrig hem igen. Karl hade varken proviant eller kläder med sig, och pengar hade han inga heller. Han hade gett sig iväg utan ett öre på fickan.

Nästa morgon sades inte ett ord vid frukostbordet. Fadern reste sig bara och gick för att arbeta i skogen. Modern dukade av. Hon växlade inte ett ord med Alma, som var tvungen att stanna i sängen. Sedan gick hon upp till Alma och sa: »Karl kan inte skada dig längre. Nu är ju allt bra igen. Imorgon går du till skolan igen.«
Alma stirrade på väggen utan att svara.
»Hörde du vad jag sa?«
Alma visade ingen reaktion. Hon fortsatte att stirra blint framför sig.
Modern skakade Alma: »Din envisa unge, så svara då! Varför gör du dig till? Tror du att du är den enda som råkat ut för det här? Om du bara visste! Du kommer snart att glömma det hela och livet går vidare. Tro mig.«
Alma fortsatte att vara tyst. Hon visade inte minsta reaktion när hon vände sig mot modern och såg henne rakt i ögonen. Hennes blick var iskall och

64

fick modern att rysa. Efter några sekunder vände modern sig om och gick mot dörren. Där vände hon sig om igen. Alma stirrade fortfarande på henne. Med rädsla i blicken lämnade modern kammaren och gick nerför trappan.

Alma fortsatte att vara tyst i flera månader. Det var som om hon rörde sig i en egen, stängd värld. Föräldrarna lyckades inte få henne tillbaka till verkligheten. Fadern gav upp redan efter två dagar.
»Det går inte att hjälpa henne. Jag tror hon har blivit galen«, sa han.
»Vad säger du?« Modern stirrade bestört på honom. »Jag tror att det är du som blivit galen som pratar så.«
Fadern tog några steg fram mot hustrun och gav henne en örfil.
»Var tyst nu och våga inte säga ett ord om vad som hänt här!« Sedan vände han sig om och lämnade rummet.

Alma drog sig fullständigt inom sitt skal. Hon pratade inte med föräldrarna, gick inte till skolan och inte till kyrkan. För det mesta gick hon ut i skogen och kom inte hem förrän fram emot kvällen. Pastorn besökte familjen flera gånger och undrade hur det stod till med flickan. Vid det tredje besöket sa fadern att hon hade blivit galen och att nu fick det vara bra med det.
Men pastorn fortsatte att fråga om Karl, vart han tagit vägen?

»Det ska pastorn inte bry sig om! Men för att pastorn ska lugna ner sig och försvinna härifrån, ska jag tala om hur det ligger till. Karl har fått arbete någon annanstans. Här på gården kan vi inte försörja familjen längre. Det är den för liten för.«

»Och det ska jag tro? Det har ni aldrig nämnt förut.«

Fadern tog prästen i kragen och såg honom hotfullt i ögonen: »Vad förväntar han sig? Ska jag komma till pastorn med varenda liten skitsak? Nu ska han lyssna. Karl har arbete att uträtta någon annanstans och Alma har blivit galen. Har han förstått det?«

Med de orden stötte han prästen ifrån sig, som snubblade bakåt, vände sig och sprang ut ur huset.

»Nu har du syndat mot Gud och kyrkan. Det kommer att sluta illa för dig.« Modern tog inte ett steg tillbaka när fadern kom emot henne med hotande knytnäve, men i sista stund lät han handen sjunka ner.

»Är det jag som har syndat? Är det inte Gud och kyrkan som har syndat mot oss? Är det inte han som fått Karl att göra detta mot sin syster? Stoppade han Karl från att göra det han gjorde?«

Han vände sig om och gick fram till köksskåpet. Med ett ryck tog han fram flaskan med hembränt och tog en djup klunk. Han torkade med jackärmen bort några droppar som rann ner ur mungipan på honom, tog med sig snapsflaskan och gick ut. Modern blev kvar ensam. Med händerna för munnen stirrade hon efter sin man. Sedan sjönk hon ner på en köksstol och började gråta.

1912, Nyheter från New York

Karl verkade trivas i storstaden. Nu hade han varit i New York redan i tre år. Han tjänade bra med pengar kunde hon förstå av brevet.

Kära syster.
Det var bra att jag bestämde mig för att stanna kvar här. Efter en del problem i början har jag nu haft väldig tur. Jag har lärt känna en ansedd köpman från Nordtyskland som har lyckats bli rik på att handla med diamanter. Genom mitt arbete på ett lyxhotell kunde jag förmedla några rika kunder till honom. Jag fick bra provision för det, så jag har rätt mycket pengar på banken. Där ligger de bra och förräntar sig, för jag gör inte av med så mycket. Jag har så mycket på banken att jag skulle kunna köpa en stor gård i Småland. Vi skulle kunna leva bra på den. Mor och far skulle säkert bli glada.
Din broder Karl.
PS: Du har aldrig svarat ännu. Min adress har du ju. Det vore roligt om du skrev någon gång.

Alma lade brevet åt sidan. Återigen samma gamla visa. Karl pratar om sig själv och sina pengar, inte om henne och hennes öde, som han hade på sitt ansvar. Var hade ångern tagit vägen, som han nämnde i senaste brevet? Kanske hade han kunnat avstyra sitt öde, om han bara visat lite ånger.

***

Föräldrarna talade aldrig om det som hade hänt. De sa inte ett ord om den orättvisa, om det onda som hade vederfarits deras dotter. Inget tröstande ord till henne, ingen skönjbar medkänsla. Efter den natten pratade de inte mycket med varandra. Fadern drack sig för det mesta berusad på kvällarna eller var redan berusad när han kom hem. Modern brukade då undvika honom medan Alma försvann upp på sin kammare.

»Du kan väl skratta då, eller gråta. Vilket som, men visa inte bara ditt orörliga ansikte. Man skulle kunna tro att huvudet ditt var ihåligt.«

Alma tittade bara uttryckslöst på modern och gick ut ur köket.

»Det var ju det jag sa. Hon har blivit galen«, sade fadern och svepte snapsen. »Vi kommer inte ens att kunna gifta bort henne anständigt. Vilken man vill ha en idiot?«

»Du borde inte prata på det viset. Hon är fortfarande vår dotter«, förebrådde modern honom, men duckade genast, så att slaget, som var på väg, träffade i luften.

Ingen av dem hade märkt att Alma hade stannat till i dörröppningen och lyssnat på allt vad som sagts. Nu hörde modern hur Alma stängde dörren.

Nästa dag satt Alma utan aptit vid middagsbordet. Fadern hade redan gett sig iväg ut i skogen tidigt på morgonen och skulle inte komma hem förrän till kvällen. Middagsmaten hade han med sig i en plåtlåda.

»Men ät nu då. Eller är du sjuk? Du är ju alldeles blek.«

»Det är inget fel på mig.«

För första gången på flera månader hade Alma börjat tala, men modern märkte det inte.

»Du fick väl ont i magen av vårt samtal igår kväll, kan jag tänka mig. Du stod och tjuvlyssnade.«

»Jag säger ju att det inte är något fel med mig.« Alma hann knappt svara förrän hon lade handen för munnen och rusade ut. Hon kräktes i gräset och torkade bort saliven med klänningsärmen. Hon gick bort till hinken som stod på en träbänk vid ytterdörren, drack direkt ur skopan och satte sedan tillbaka den i hinken.

Hon tittade ner i vattnet, djupt försjunken i sina tankar. När ringarna på vattenytan hade ebbat ut, såg hon sitt eget ansikte i vattnet. Hon såg anletsdragen hos en kvinna, inte ett barn. Hennes leende hade försvunnit för länge sedan, och med det även smilgroparna som Karl älskade så mycket.

»Du är med barn!«, sade modern som stod bakom henne. Alma vände sig om och tittade in i moderns bleka ansikte.

»Ja«, utbrast hon. »Och Karl är fadern. Han tog det han ville ha och det jag inte ville ge honom, det tog han med våld.«

»Du är med barn«, upprepade modern. »Vilken skam för oss.«

»Skam för er? Det kan väl hända, men vem tänker på mig och min skam?«

»Så förfärligt för oss«, sa modern och gick mot huset.

Alma vände sig också bort och gick till sin favoritplats, Tors källa. Hon satte sig på den stora stenen och betraktade den lilla sprudlande vattenkällan. Stilla, väldigt svagt, hörde hon vattnet porla ur den djupa källan. Tyst för sig själv funderade hon på sin situation.

Tretton år och gravid, utan en far till barnet, och föräldrar som inte stod upp för henne utan ansåg att hon hade blivit galen. I deras ögon var hon en idiot som hade dragit skam över familjen. Hon kände sig helt ensam. Vem skulle hon prata med? Vem kunde hjälpa henne att hitta en väg ut ur eländet?

»Kan du hjälpa mig, Tor?« Alma hade ställt frågan högt till den gamla guden, men fick inget svar från förfädernas gud. Ändå gav hon inte upp. »Om du inte kan tala, så ge mig åtminstone ett tecken på vad jag ska göra.«

Den gamle guden förblev tyst, men plötsligt började källan sprudla livligare och hon kunde höra vattnet mycket tydligare. Lite stänk från källvattnet vätte hennes kind.

»Vad menar du, Tor? Vad vill du säga mig?«

Återigen kom det inget svar från Tor. Alma reste sig och gick hem. Hon funderade över vad som hade hänt. Det häftiga sprudlandet var säkert ett tecken, men vad betydde det?

Hon tittade upp mot solen. Det var dags att mata kycklingarna och gässen. Alma satte igång med arbetet. De sista äggen skulle samlas in, skålarna fyllas med foder och vatten och torr sand strös ut på golvet i det lilla stallet. När allt var klart stängde hon luckorna så att räven inte skulle kunna ta sig in på natten.

Fadern kom snubblande. Han bar yxan i vänster hand medan han höll en flaska i den högra.

»Är maten klar?«, vrålade han.

»Ja, det tror jag, mor är inne. Jag har inte varit inne än.«

»Det är nog bäst för henne det.« Han hade överhuvudtaget inte märkt att Alma talade igen.

Fadern försvann bakom huset. Alma visste att han bunkrade spriten där.

Köket var tomt, modern var försvunnen.

»Mor«, ropade Alma, men från huset kom inget svar. Alma såg sig omkring. Var kunde hon vara någonstans? Det var ganska mörkt när Alma gick in i finstugan. Hon såg bara vaga konturer av föremålen och möblerna i rummet. Hon tog hon några steg fram och plötsligt stötte hon till något med huvudet. Alma tittade upp och såg direkt in i moderns ansikte. Hon tittade in i de utbuktande ögonen och den öppna munnen med tungan som hängde utanför. Modern hade ett rep om halsen. Under henne låg en pall omkullvällt på golvet. Alma backade förskräckt. Den döda kroppen hade rört sig något vid beröringen. Det knarrade i bjälken ovanför.

»Fruntimmer, var håller du hus någonstans?« Fadern ropade från köket. Alma vände sig om och gick fram till honom.

»Hon är död. Hon hänger i finstugan.« Almas röst var kylig. Även nu var hennes ansikte uttryckslöst.

»Vad säger du?«

»Hon har hängt sig.«

Fadern sprang snabbt in i stugan.

»Förbannade fruntimmer!«, skällde han. »Ge mig en kniv.«

Alma hämtade brödkniven. Fadern skar av repet så att hustruns kropp dunsade ner på golvet.

»Vad ska det nu bli av vår familj?«, sade han och satte sig på en stol. »Först Karl, och nu mor. Varför gjorde hon detta?«

»Hon fick reda på att jag var med barn«, svarade Alma med orörlig min. »Karls barn.«

»Barn? Du? Med Karl? Så du är skulden till allt elände. Hur kunde du bara göra något sådant?«

Medan orden ekade i rummet reste han sig, gick fram till Alma och gav henne ett hårt slag i ansiktet. Alma föll och slog huvudet i golvet. Det svartnade för ögonen, men hon repade sig snabbt och reste sig. Hon såg på fadern med stirrande blick.

»Det är Karl som är skuld till det hela, och det vet du, far.«

Fadern föll ner på stolen och begravde huvudet i händerna. »Ge mig en snaps. Du vet var flaskan står.«

Efter en kort stunds tvekan gick Alma ut i köket. Brännvinsflaskan stod på den lilla hyllan i hörnet bredvid köksbänken. »Vi måste hämta doktorn, så att han kan ställa ut en dödsattest«, sade hon när hon kom tillbaka med ett glas med brännvin. »Jag går till byn.«

Medan hon satte på sig en huvudduk och gick mot dörren hörde hon fadern gråta hejdlöst.

1913 Nyheter från New York

Alma blev alltid lika förvånad varje gång hon läste de gamla breven över att minnena av de tidigare händelserna var så närvarande. Det var som om hon sjönk tillbaka i tiden och återupplevde det som hänt en gång till. Så var det den här gången också när hon tog fram nästa brev i högen.

Kära syster.
Som du kan se av frimärket är jag fortfarande kvar i New York. Det går mycket bra för mig med arbetet. Jag har haft sån tur att det är knappt man kan tro det. Diamant-handeln går mycket bra, och min tyska kamrat, Ludwig Nissen heter han, har invigt mig i ädelstenarnas hemlig-heter. Han är äldre, ungefär som far och mor. Hans kon-tor ligger på New Yorks mest berömda gata, Fifth Avenue. Han har till och med erbjudit mig att bli hans kompanjon senare, men jag tror inte att jag kommer att acceptera erbjudandet. Jag vill ju återvända hem en dag. Till dig, kära syster. Tänk om jag bara kunde gottgöra dig för allt jag gjort mot dig. Brännvinet förvirrade mina sinnen. Jag ville aldrig göra våld på dig. Det måste du tro mig. Men vi kommer att få det bra sedan. Nu har jag pengar till det. Vi kommer att ha den förnämsta gården på bygden.
Din broder Karl

Minsann, har du blivit en fin gentleman du! En herre med en svart själ i en vit väst. Fy katten! Om din rike vän visste vad du har gjort mot mig, att du har förstört en människa! Skulle han fortfarande vilja ha dig som vän då och smida framtidsplaner med dig? Nej, det tror jag verkligen inte! Han skulle lämna dig åt ditt öde och du skulle falla ner i dyn igen. Åh Karl, tänk vad jag beundrade dig när jag var liten. Du var min stora hjälte. Så som du var skulle min framtida man, mina barns far, vara. En stark och trygg karl som familjen kan förlita sig på. Ja, jag älskade min storebror. Men du förstörde min dröm, väckte skam över mig och svärtade ner min själ. Du förde all tänkbar ondska över mig. Men ondskan har för länge sedan vänt sig mot dig, för jag älskar dig inte längre, jag hatar dig!

***

Alma sprang mer än hon gick. Det var mer än tre kilometer till doktorn i Mörlunda. Egentligen brukade hon inte ha några problem med sådana här ansträngningar, så det måste vara den stora magen som gjorde att hon flåsade och pustade. Hon var tvungen att kräkas två gånger på vägen.
Äntligen var hon framme. Andfådd bankade hon på dörren till doktorns hus. Tredje gången öppnade den gamle mannen.
»Vad är det som har hänt, flicka lilla? Jaså det är du Alma. Vad vill du?«
»Doktorn måste komma med. Mor …« Alma torkade svetten ur pannan.
»Du är ju alldeles andfådd. Kom in.«
»Kan jag få lite vatten, tack?«

Doktorn steg åt sidan och släppte in flickan i hallen. Hon såg sig förvånat omkring. Hon hade aldrig varit i doktorns hus tidigare. Golvet var av stenplattor lagda i ett vackert mönster. Flera dörrar med blanka vita ramar och guldglänsande handtag ledde in till övriga rum. Det var ett riktigt herrskapshus. Doktorn pekade på en fåtölj intill ett litet bord. »Sätt dig. Jag ska hämta vatten åt dig.«

Alma satte sig på stolen som erbjöds henne. Efter en stund kom doktorn tillbaka och gav henne ett glas med vatten. Alma tog hastig två klunkar. »Mor är död. Hon har hängt sig.«

»Vad säger du? Varför det? Äsch, det spelar ingen roll just nu. Kom, vi tar tvåspannet. Det går snabbare.« De gick ut. Alma väntade tills doktorn kom tillbaka med hästarna.

Det dröjde ett bra tag innan man kunde spänna för hästarna för vagnen.

»Hoppa upp i vagnen så länge. Jag ska bara hämta min väska.«

Doktor skyndade in i huset medan Alma klättrade upp i vagnen. Så småningom kom doktorn och satte sig bredvid Alma på kuskbocken. Med korta piskrapp drev han på hästarna.

»Död, säger du. Är du säker på det?«

»Ja, far skar av repet. Hon är död. Helt säkert.«

»Då hämtar vi pastorn på samma gång.«

Doktor tystnade ett ögonblick.

»Jag tyckte förut i farstun att det såg ut som om du var med barn. Kan det vara så?«

»Det vill jag inte prata om nu«, svarade Alma kort.

I rask fart bar det av till prästgården i Tveta. Alma
hoppade av vagnen och sprang fram till pastorn
som arbetade i trädgården.

»Pastorn måste komma med. Mor är död, hon be-
höver er hjälp.«

Pastorn stirrade på flickan. »Ett ögonblick, jag
kommer«, sade han och sprang in i huset. Efter en
stund kom han tillbaka igen med en väska i han-
den. Vagnsredet sackade ihop när den store man-
nen klev upp på vagnen. I rask takt bar det av på
den dammiga vägen till Gustafssons gård.

I huset var bilden oförändrad. Fadern satt vid bor-
det i köket med huvudet böjt över bordet. I ena
handen höll han brännvinsflaskan medan den
andra hängde slakt nedåt. Han snarkade ljudligt.

»Var är hon?«, frågade doktorn.

»I stugan.« Alma pekade på dörren.

Fadern hade vaknat och stirrade nu runt omkring
sig. När han såg prästen reste han sig vacklande
och röt till: »Vad ska prästen här och göra? Jag har
ju redan slängt ut honom en gång!«

»Lugna ner sig Gustafsson«, sade doktorn. »Han
gör det han ska han också, precis som jag. Jag ska
undersöka din fru och utfärda en riktig dödsattest,
och pastorn tar hand om hennes själafrälsning.«

Prästen nickade bara och väntade på nästa vre-
desutbrott från bonden, men det kom inte.

»Ja, bara gör vad ni ska, men brännvinet räcker inte
till alla tre«, fortsatte han och satte flaskan för mun-
nen.

»Du super ju som ett helt regemente.« Doktor skakade på huvud och gick in i stugan. Alma och prästen följde efter honom.

»Sätt åtminstone på kaffepannan för vårt främmande!«

Faderns röst dånade genom huset. Alma tvekade först, sedan nickade hon och ställde sig vid spisen. När hon hade satt vattenkitteln på spisplattan tittade hon bort mot fadern, som redan hade somnat vid bordet.

Alma gick ut på gården. Hon ville varken se den berusade fadern eller den döda modern. Hon satte sig på den gamla träbänken under äppelträdet.

Hon hade fullt upp med sig själv, för hennes tankar börjar mer och mer att kretsa kring hennes egen situation. Hon skulle få barn! Men hon var ju själv bara ett barn! När man är tretton är man ju inte vuxen, inte heller en mor. Hon lekte fortfarande med dockorna hon själv hade gjort. Och inte visste hon vad det innebar att få barn, hur man matar och tvättar det? Ingen hade lärt henne det och modern fanns inte heller längre i livet. Och det var inget barn som kommit till av kärlek heller, utan ett barn som fötts i synd. Karl hade gjort henne med barn med våld! Vad skulle pastorn tro och vad skulle man säga i byn? Hon skulle bli utstött och smädad som slinka. Hennes huvud sjönk ner mot bröstet medan tårarna rann ner över kinderna. Allt var så hopplöst.

En röst väckte Alma ur hennes tankar. Doktorn var klar och stod ute på gården.

»Oroa dig inte för begravningen, Alma. Jag talar med begravningsmannen, allt annat tar pastorn hand om. Jag ger mig av till byn igen.«

Alma tittade upp mot honom och nickade. »Du är ensam nu i hushållet«, fortsatte han. »Din far kommer tyvärr inte att vara till någon stor hjälp för dig.«

»Ja, jag vet, men vad ska jag göra?«

»Vi får se, Alma, något måste ske. Du kan inte vara ensam. Är det bra med dig annars? Du nämnde att du var gravid. Kan jag …«.

»Nej, doktorn. Allt är bra. Vi pratar om det en annan gång.«

Doktorn nickade adjö åt henne. Alma besvarade hälsningen. Hon ville säga något, prata med honom om sitt problem. Men kunde han verkligen hjälpa henne? Doktorn hade redan vänt sig om och gått till sin vagn. Hjulen gnisslade mot stenarna när vagnen började röra på sig. Anblicken av vagnen som körde iväg fick hennes ensamhet att växa.

Hon gick in i huset igen, där pastorn stod rådvill framför den sovande fadern i köket. »Det kan inte fortsätta så här med honom«, sade han när han fick syn på Alma och ryckte på axlarna. »Han dricker ju varje dag, och inte bara på kvällarna. Jag kan förstå om han dricker idag när hans fru har dött. Tog det honom så hårt när Karl försvann?«

»Åh pastorn, det är nog inte allt. Vi kan inte leva av gården. Vi vill inte visa oss missnöjda, men det kunde ha varit bättre. Och nog är det så, att sedan Karl lämnade oss saknas det en försörjare i familjen. Det är så mycket på en gång. Far klarar det väl inte utan brännvin.«

»Och din mor? Vet du vad som fick henne att ta sitt eget liv? Vad har hänt som är så fruktansvärt att hon begick denna synd?«

Alma tvekade. Hon hade inte kunnat prata med doktorn om sina problem, men med pastorn var det annorlunda. Dessutom hade han ju tystnadsplikt.

»Nå, hur är det? Kan du berätta något för mig?«

Alma tvekade igen. Sedan tittade hon på den sovande fadern och sa: »Vi kan inte prata om det här inne. Vi går ut, så vi inte väcker pappa. Vem vet hur han reagerar.«

»Det ska bli intressant att höra vilka hemska saker du har att berätta om.«

Alma och pastorn gick ut och satte sig på bänken utanför huset. Den var fortfarande varm av dagssolen.

»Så, berätta nu«, uppmanade prästen Alma.

Det tog en stund innan Alma kunde sätta ord på sin berättelse. Det var inte lätt att prata om vad som hade hänt de senaste veckorna och månaderna. Hon började om flera gånger, men avbröt sig själv igen. Till slut tog hon mod till sig och berättade hela den långa historien. Hur Karl sakta men säkert fick henne att gå med på den onda leken i sängen och hur hon ibland till och med hade känt det som vore det normalt. Att han alltid hade lyckats lugna henne, till och med med hjälp av kyrkan, men att han alltid hade begärt mer och mer av henne.

»Och sedan«, Alma hade svårt att formulera orden, »sedan gjorde han det med våld. På midsommarafton. Han var väldigt full och jag kunde inte värja mig.« Hennes röst blev hård. Den hade tappat allt det barnsliga. »Han gjorde mig illa, tog det han ville ha. Och nu är jag med barn, med ett barn som min egen bror är far till!«

De sista orden hade hon skrikit ut, argsint, besviken, sårad.

Pastorn tittade på henne med stora ögon.

»Det gjorde han? Och därför tog han till flykten? Åh, nu förstår jag. Och din mor, vad det därför som hon tog livet av sig?«

Alma nickade.

Plötsligt öppnades dörren. Alma och pastorn spratt till och stirrade på fadern som kom ut ur huset. Pastorn hoppade upp från bänken. Antagligen hade han förväntat sig ett åskväder eller till och med ett knytnävsslag.

»Sätt sig ner, pastorn. Pastorn måste hjälpa mig. Alma har väl berättat hela den förbannade historien för pastorn.«

»Hur vet du det …«, började Alma.

»Jag satt vid dörren och hörde hur ni pratade med varandra. Men sätt sig nu, pastorn.«

Prästen satte sig faktiskt igen.

»Och hur ska jag kunna hjälpa dig? Du kan komma till kyrkan så att vi kan be tillsammans. Gud kommer att visa oss den rätta vägen.«

»Dumheter! Han ska hjälpa mig på riktigt, med gärningar och inte med tomma ord.«

»Då får du uttrycka dig tydligare så att jag förstår vad du vill.«

»Du vet säkert var man hittar en änglamakerska. Bara hon kan hjälpa oss att göra det gjorda ogjort.«

Alma tittade förskräckt på fadern. »Ogjort? Tror du att när barnet är borta kommer allt att bli bra igen? Menar du verkligen allvar?«

Pastorn var tvungen att svälja tre gånger innan han svarade. »Det kan du verkligen inte be en Guds man om. Att ta bort ett barn strider mot Guds ord och lära. Och änglamakerskor är hedningar av naturen. Och du vill att jag ska prata med en hedning?«

Fadern sjönk faktiskt ner på knäna framför pastorn och bönade och bad. »Snälla pastorn, hjälp oss! Jag kommer att gå i kyrkan varje söndag, hela mitt liv, det lovar jag!«

»Nej, det kan jag inte göra. Aldrig i livet!«

»Men vem kan annars hjälpa oss då, pastorn?«

Prästen tvekade, men så tittade han på fadern: »Jag ska hjälpa dig, men på ett annat sätt än du tror.«

»Hur?« Alma tittade frågande på honom.

»Det finns ett hem för fallna flickor. Dit kan flickor och kvinnor i din situation åka och föda barn i all avskildhet, och det är ingen som pratar om det. Du kommer bara tillbaka efteråt och ingen människa i byn vet vad som har hänt. Vi säger att du fått jobb som piga där. Förstår du?«

»Och var ligger det?«

»I närheten av biskopsstaden, på en herrgård som tillhör adelsfamiljen Stjärnbacka. Grevinnan startade hemmet som ett välgörenhetshus. Jag kan kontakta familjen. Om det finns en ledig plats måste du åka dit så snart som möjligt så att du kan komma tillbaka som en ärbar kvinna. Ni måste naturligtvis också själva hålla tyst om det, och jag blir tvungen att tiga på grund av mitt arbete som präst. Förstår ni det?«

Alma nickade. »Det låter bra.« Hon tittade frågande på fadern. »Och har du förstått?«

»Inte riktigt, men om ni tror det är rätt, så gör vi det på det sätt. Pastorn gör nog det rätta. Nu måste jag ha en sup.«

Han vände sig om och gick in i huset.

Pastorn vände sig till Alma. »Först ska jag se om jag kan skaffa en plats åt dig på hemmet. Men din far behöver också hjälp. Spriten är för frestande för honom. Han klarar inte av att komma undan djävulen ensam. Men jag kommer att ta hand om det också. Han kommer snart att få besök av nykterhetsföreningen. De kommer att ta honom under sitt beskydd och hålla honom borta från spriten. Jag måste gå nu. Du måste vara stark nu. Oroa dig inte för begravningen, den tar vi hand om.«

1914 Nyheter från New York

Alma höll det längsta brev Karl någonsin hade skrivit i händerna. Även detta kom från New York. När hon läste brevet nu igen skakade hon på huvudet över Karls okunskap och naivitet.

Du drömmer, du, i din gyllene bur! Du tror faktiskt att här är allt som det alltid har varit och att ingenting har förändrats, men du vet ingenting om oss, ingenting om mammas död och ingenting om fars alkoholberoende. Du vet inget om mitt hat som bara växer eller om konsekvenserna av det du gjorde mot mig. Du vill komma hem, men har ingen aning om vad som väntar dig här. Och tro mig: det är bättre att du inget vet!

Hon lät händerna med brevet sjunka när i knäet. Minnena av vad som hänt dök upp igen.

Kära syster!

Jag har inte varit hemma på många år nu, men ju lyckligare jag blir här i Amerika, desto större är min längtan efter att få återvända till er i Tveta. Jag har god tid att fundera här. Framför allt efter att jag sett döden i vitögat då jag var med om en trafikolycka. Efter den händelsen kretsar mina tankar ofta om mitt tidigare liv och om vad som ska hända i framtiden. Men var inte rädd, jag fick bara några lindrigare skador och nu återstår bara några ärr.

Jag vet, syster min, att jag har orsakat dig stort lidande. Jag är verkligen ledsen för det och jag ber om förlåtelse för det. Jag hoppas att du kan förlåta mig och att du vill

*hålla om mig när jag kommer hem, som sig bör syskon
emellan. Mer vill jag inte uppnå här i livet. Bara att du
förlåter mig. Kan du det? Förlåta mig? Och hur mår mor
och far? De är snart gamla och då kan jag ta över gården
och bygga ut den med pengarna jag har tjänat. Vi kan
bygga ett stort hus och ... Ja, vi kommer att få det bra,
Alma!*

*Det kommer att dröja något innan jag kan komma, nu
när det är krig i Europa. Men vårt land har ju inget med
det att göra. Jag hoppas att det fortsätter så. Hemma i
Småland är det ju alltid så lugnt.*

Det ska bli roligt att ses igen.

Din broder Karl.

Åh, vad du är naiv, Karl! Om du nu verkligen ång-
rar dig, så är det för sent nu. Men jag tror inte att
det är ånger. Du tycker det ska bli roligt att vi ses
igen? Tro mig, det tycker jag också, men det kom-
mer att bli ett helt annat återseende än du skulle
kunna föreställa dig!

***

Begravningsmannen gjorde vad han skulle, som
sig bör. Modern såg så lugn ut där hon låg i kistan.
Dödens fulhet var försvunnen. Även pastorn för-
beredde begravningen med all sin erfarenhet, så
när begravningsdagen kom var allt organiserat på
bästa sätt.

Alma kom i god tid till kyrkan innan begravningen skulle börja och väntade tålmodigt på att kyrkklockorna skulle ringa in begravningsgästerna. Men det kom bara ett fåtal begravningsgäster eftersom självmord var något som avskräckte många. Några avlägsna släktingar hade hittat vägen till Tveta och några få bybor hade slagit sig ner på de hårda träbänkarna.

Alma satt ensam på första bänken. Fadern hade inte kunnat följa med. Redan vid frukostbordet hade han bara sluddrat. Han hade inte släppt taget om brännvinsflaskan på hela morgonen, inte förrän han föll i djup sömn.

Alma led sig igenom begravningsceremonin. Kantorn gjorde sitt bästa och pastorns predikan var full med varma ord. Trots de speciella omständigheterna kring moderns död skulle hon ändå komma till himlen, menade han. För Gud skulle även acceptera de förtvivlade i sitt rike. Att fadern inte hade kommit var vad han kallade en etappseger för djävulen. Godtemplarna skulle säkert befria suputen ur djävulens klor och låta honom bli en duglig medlem av samhället igen.

Alma rörde som vanligt inte en min. Med frånvarande blick och känslolöst ansikte följde hon kistan tillsammans med pastorn och de andra gästerna från kyrkan till den öppna graven. Hon hörde inte vad pastorn berättade om den avlidnas liv och hennes familj. Det var först när några gäster kom upp för att skaka hand som hon vaknade upp ur sina tankar. Hon svarade inte på de välmenande orden från begravningsgästerna. Det gick inte heller att avläsa några som helst tecken på känslor i hennes ansikte.

»Henne blir man inte klok på«, hörde hon någon säga på vägen därifrån.
»Hon har ju fortfarande sin far«, menade en tredje.
»Han är ju mer en börda för henne. Han kan ju inte vara till någon hjälp«, skrattade de andra två.
Så fortsatte de att smäda Almas öde. Något stöd fick hon inte.

När Alma kom hem, låg hennes far på köksbänken och sov. Hon lade en filt över honom, värmde upp gröten och hällde upp ett glas mjölk. Sedan dukade hon bordet och skrev på en lapp: »Maten står på spisen.«
Hon lämnade fadern i köket och gick till sin favoritplats vid Tors källa. Hon måste få vara ensam med sina tankar.
»Förra gången gav du mig ett tecken, men jag kunde inte tolka det. Vad ville du säga mig?« Men ingenting visade sig den här gången heller. Tor svarade inte.
Då upptäckte Alma plötsligt något som låg vid kanten av den lilla vattenkällan, något som guppade fram och tillbaka. Hon skyndade sig dit. Det var en liten docka, en pojke. Den var naken och huvudet var sprucket. Vad skulle det betyda? Det var som om en slöja drogs bort från hennes ögon. Hon visste exakt vad hon skulle göra.

»Tack Tor, jag ska följa ditt råd.«

Alma lämnade källan och började fundersamt vandra hemåt.

Det var så mycket som hade hänt de senaste åren och månaderna. Först Karl med sitt växande begär efter henne, hans våldsamma sätt när hon inte ville göra som han sade och sedan våldtäkten. Och nu skulle hon få ett barn, hon som fortfarande bara var ett barn själv. Och sedan var det moderns död och faderns spritbegär. »Jag är ensam«, konstaterade hon. Hur kunde så mycket lidande, som räckte för ett helt vuxet liv, passa in i en sådan liten kropp? Hon kände sig som en gammal kvinna i ett skal som var alldeles för litet. Huden måste väl spricka när kroppen var överfull med bekymmer, lidande och sorger. Det fanns inget utrymme mer för det roliga, för munterhet och livsglädje.

Det var redan kväll och Alma började huttra av kvällskylan. Och nu då? Hem varken kunde eller ville hon gå. Inte ikväll i alla fall, inte när hennes far var i ett sådant skick. Även om han var vaken nu stod hon inte ut med hans närvaro. Han skulle antingen gorma och skrika av ilska eller lipa och gnälla av självmedlidande. Hur som helst, så skulle det inte hjälpa henne.

Med en suck reste hon sig och började gå hemåt. Väl hemma gick hon till stallet och lade sig för att sova i en höstack. Hon hade inte stått ut med att vara inne i huset idag. Här hos djuren var det varmt. De tysta ljuden som kon gav ifrån sig under idisslandet verkade lugnade på Alma medan tankarna tumlade runt i huvudet. Tors råd hade gett henne en ledtråd. Nu visste hon vad hon skulle göra. Steg för steg formade sig en plan i hennes huvud tills hon såg den tydligt. Alma somnade med ett leende på läpparna. Hon var förberedd.

Alma vaknade flera gånger av att höet stack henne genom kläderna. Till sist vaknade hon förskräckt av att en liten mus sprang över ena handen. Hon reste sig upp och strök bort halmstråna från klänningen och förklädet. Sedan gick hon ut på gården och tvättade sig med kallt vatten från brunnen.

Som alla andra morgnar såg hon först till att hönsen fick mat. När hon var klar med det tittade hon in i huset, för fadern hade fortfarande inte dykt upp på gården. Hon hörde honom redan i ytterdörren. De ljudliga snarkningarna visade henne vägen till köket. Han hade lyckats få tag i en ny flaska brännvin under natten. Den var tömd till hälften. Han hade i alla fall ätit något eftersom maten hon hade lagat var uppäten. Alma suckade. I det tillståndet kunde man inte räkna med att han skulle ta hand om vare sig kon eller grisarna. Det var egentligen inte hennes arbete. Trots det gick hon tillbaka ut i stallet. Hon hade ofta sett på och lärt sig vad hon skulle göra, och djuren verkade vara nöjda med det hon gjorde.

Alma åt frukost och gick till skolan. Det var i alla fall bättre än att vara i samma rum som den berusade fadern. Vem vet vilket humör han skulle vara på när bakruset verkade i honom.

»Du hade inte behövt komma idag. Du hade kunnat ta en ledig dag efter begravningen«, sa lärarinnan. Alma svarade inte.

»Men naturligtvis är jag glad att du kom«, fortsatte lärarinnan, som var van vid att betrakta flickans uttryckslösa ansikte.

Alma satte sig på sin plats i skolbänken. Hon kände de andra barnens nyfikna blickar utan att besvara dem. Hon var ensam igen i sin egen avskildhet.

Skoltimmarna var över och Alma kunde gå hem. Förr brukade hon gå i den glada gruppen tillsammans med de andra flickorna, men sedan några veckor tillbaka undvek man henne. Hon visste vad det berodde på och att det var hennes eget fel. Hon hade förändrats mycket sedan den där natten då ondskan hade kommit över henne. Barnen förstod sig inte på hennes stela ansikte och verkade till och med vara rädda för henne. Alma hade märkt flera gånger att människorna tisslade och tasslade omkring henne, men det brydde hon sig inte om. Hon levde nu i sin egen värld, som ingen annan hade tillgång till.

När Alma närmade sig föräldrahemmet hörde hon någon skrika och skälla. Hon förstod inte ett ord men kände igen pastorn och två andra män. Nu var hon tillräckligt nära för att kunna förstå att männen tydligen kom från godtemplarna.

De ser inte särskilt förtroendeingivande ut, tänkte Alma för sig själv. Männen hade svarta kostymer och västar och svarta hattar. De kommer inte kunna göra mycket för far.

»Djävulen har satt sina klor i Gustafsson och förfört honom till att dricka. Ensam kommer han inte att kunna rå på djävulen. Han måste få hjälp, och vi kan hjälpa honom.«

De hade väl kommit för att rädda fadern från spriten, som pastorn sagt, men de hade valt fel tidpunkt.

»Va'? Ni vill ta brännvinet ifrån mig? Aldrig i livet!« Fadern hotade med knytnäven. »Försvinn härifrån, annars ska ni få se på annat!«

Han stod där och vajade och svängde med brännvinsflaskan, lugnade sig och satte flaskan till munnen. Sedan tog han ett djupt andetag och fortsatte: »Jag tar inga order av er! Jag klarar mig själv, har ni förstått det? Försvinn!«

En av godtemplarna tog ett steg framåt och försökte påverka fadern: »Men Gustafsson, tänk åtminstone på din dotter, hon måste ha ett ordnat hem. Det kan du inte erbjuda henne så som du super.«

»Inget ordentligt hem? Vänta ni bara!«

Alma såg hur fadern vände på klacken och rusade in i huset. Godtemplarmännen tittade på varandra. Vad kommer att hända nu, verkade de fråga sig. Plötsligt förstod Alma att något fruktansvärt höll på att hända. Hon ville ropa, men rösten svek henne. Nu kom fadern utrusande igen. I stället för brännvinsflaskan hade han en stor kökskniv i handen. Rasande sprang han fram till godtemplarmännen. »Försvinn härifrån, sade jag. Jag ska nog få fart på er!«

Männen vände sig förskräckt om och sprang därifrån. Fadern sprang efter dem ljudligt skrikande medan han svängde hotande med kniven. Plötsligt snubblade han och föll raklång på marken. Hans gälla skrik fick männen att stanna till. De vände sig om och såg mannen ligga på marken. Han låg på magen i gräset. Benen ryckte till flera gånger tills de blev helt stilla.

Alma stirrade också som trollbunden på honom. Hon visste mycket väl att hennes far dog i detta ögonblick. Även om hon aldrig sett någon dö, så var hon säker.

»Han är död«, sade hon högt, högt nog för att männen skulle förstå.

Långsamt och försiktigt återvände männen och närmade sig mannen på marken. De stannade några steg bort och tittade hjälplöst på varandra. Ingen vågade komma för nära honom.

Det var Alma som först gick fram och böjde sig över fadern. Hon tog tag i axeln och ville vända på honom, men hon klarade det inte. Prästen var den första som gick fram för att hjälpa henne. Tillsammans vände de bonden så att han hamnade på rygg. Kniven satt i bröstet på honom. Prästen kände först på pulsådern och reste sig sedan.

»Ja, han är död«, konstaterade han. »Och det är
kanske lika bra för dig, Alma«, tillade han tyst, näs-
tan som för sig själv.

Några dagar efter begravningen kom prästen på
besök till Alma.
»Vad ska det bli av dig nu? Du är alldeles ensam,
har inga föräldrar och din bror är försvunnen.«
Försvunnen? Han är redan död, men han vet inte
om det ännu, tänkte Alma, men sa högt: »Han kom-
mer tillbaka, det vet jag.«
»Hur kan du veta det? Och när skulle det ske? Du
är fortfarande ett barn och kan inte vara ensam
utan behöver omvårdnad av en vuxen.«
»Jag hade vuxna som tog hand om mig. Och vad
hände? En självmörderska, en berusad far som dö-
dar sig själv i ruset och en storebror som är far till
mitt barn. Är det omvårdnad?«
Pastorn teg förnärmat. »Du har en svår lott att bära,
mitt barn.«
»Barn, kallar pastorn mig barn? Jag ska bli mor och
med mina tretton år har jag upplevt mer än många
andra har upplevt under hela sitt liv.«
»Ja, vad ska jag säga? Jag vet inte. Men först ska du
åka till grevinnans hem för att föda ditt barn. Det
kommer ingen att få reda på här. Ingen känner till
att du är med barn. När du kommer tillbaka får vi
se vad vi gör då.«
»Då är jag fjorton och kan ta hand om mig själv, och
jag kan fortsätta att bo hemma.«

»Vi får se, mitt barn. Storbonden på Tvetagård vill köpa boskapen och marken. Då får du lite pengar, och då kan du också snart börja arbeta. Jag har faktiskt en idé. Ja, det kanske kan vara något.«

»För min del kan han köpa allt. För mig finns det bara en sak att göra.«

»Du menar att födda barnet, eller?«

»Det också, men nej, jag menar något annat som är mycket viktigare.«

»Vill du inte berätta vad du menar?«

»Nej. När ska vi åka till det där hemmet, pastorn?«

»Om två veckor. Då är det hög tid, annars kommer folk på andra tankar när de ser magen som växer.«

Han log uppmuntrande mot Alma, men kunde inte locka fram några känslor i flickans ansikte. Det var som förstenat. Leendet försvann från prästens ansikte. Istället kröp det kalla kårar längs ryggen på honom.

1915, Nyheter från New York

Alma hade plockat fram nästa brev och läst det. Äntligen visade Karl sann ånger. Det verkade som om skulden plågade honom oavbrutet. Måtte han få brinna i helvetet en dag! Men inte förrän jag har tagit itu med dig. Så lätt kommer du inte undan. Tillsammans med Tor har jag smitt en plan för att hämnas på dig. Du kan tigga så mycket du vill, men du kan aldrig få mitt hjärta att vekna.

Kära syster!
Jag står nästan inte ut längre med den skuld som vilar på mina axlar. Jag kan knappast tänka klart längre. Jag sökte upp en präst som jag hade långa samtal med. Jag berättade för honom om allt det jag gjorde mot dig då för länge sedan. Jag utelämnade ingenting. Han blev natur-ligtvis förskräckt. Han rådde mig att återvända hem till dig och mor och far. Det var det enda sättet för mig att gottgöra det som skett, menade han, det enda sättet för mig att få sinnesro. Han trodde också att du skulle för-låta mig eftersom det var så länge sedan. Kan du förlåta mig? Tror du att vi kan leva tillsammans igen och komma överens? Och tror du att mor och far kommer att betrakta mig som deras son igen? Jag skulle så gärna vilja komma hem igen, till vår lilla by, till gården och få leva mitt ibland er.
Kära Alma, jag hoppas att jag snart kan komma hem igen. Det är bara kriget i Europa som kan stoppa mig, men jag kommer att göra allt jag kan för att hitta ett sätt att ta mig hem. Och då kommer jag att fråga dig, ansikte

mot ansikte, om allt kan bli bra igen mellan oss. Det öns-
kar jag mig av hela mitt hjärta.
Vi hörs snart igen.
Din broder Karl.

Mor och far ska alltså ta tillbaka dig, tycker du. Det skulle far aldrig göra, tro mig. Men du kommer aldrig att få reda på det eftersom du inte vet att både mor och far är döda. Döda! Och det är ditt fel, bara ditt fel. Allt det lidande som vår familj fick utstå, som ledde till att mor och far dog och som drog vanära över mig, har vi dig att tacka för.

Och jag ska förlåta dig, Karl? Det hade jag kanske kunnat göra om du ångrat felet från början. Men du har bara tänkt på dig själv hela tiden. År ut och år in. Du frågar inte hur jag har upplevt det, vad det blev av mig efter denna grymma natt, vad jag kände när du tillfredsställde dig med våld. Det handlade bara om dig och dina pengar, dina framgångar. Du ville gottgöra det onda med det. Med pengar. Inte med ånger. Och nu vill du ha nåd, förlåtelse. Tror du att du har bättrat dig? Nej, det tror inte jag. Men jag vet en sak. Jag har förändrats och jag vet vad jag ska göra.

Alma blev upprörd när hon läste brevet. Hon skakade av ilska. Hon kände, nej, hon visste vad denna ilska skulle leda till. Hon skrynklade ihop brevet och kastade det mot väggen medan hon försjunk i minnen igen.

***

»Du kom inte till kyrkan i söndags, Alma. Var var du någonstans?« Pastorn tittade förväntansfullt på henne. Han hade väntat in Alma när hon passerade hans trädgård.

»Om jag ska vara ärlig pastorn, så vet jag inte, om jag ska tro på kyrkan, om jag ska tro på Jesus. Hur ska jag kunna anförtro mig åt honom när han har tillåtit allt det lidande som jag har utsatts för? Kan du förklara det för mig?«

»Jag förstår din förbittring, Alma, men livet sätter oss all på prov. Visst har du fått utstå mycket, men Guds omtanke hör dig till.«

»Det är svårt att tro att det är så pastorn, kan pastorn förstå det?«

»Ja, det kan jag, men du får inte misströsta. Förresten har jag berättat i byn att du snart ska börja arbeta hos den förnäma familjen i stan. Vi kan åka nästa söndag. Packa alla saker, allt som du behöver till att börja med. Du kommer att få nya saker där.«

»Nästa söndag redan?«

»Ja, jag hämtar Alma efter gudstjänsten. Man väntar oss till herrgården fram på kvällen.«

Alma hade inte mycket att förbereda. Hon och pastorn pratade med storbonden om allt som behövde göras efter att han erbjudit sig att ta hand om gården och djuren.

Dagen före avresan städade hon huset. Alla rum, alla vinklar och vrår sopades och städades. Hon ville lämna allt rent efter sig och sakerna för resan lade hon på sängen. Sedan hämtade hon en koffert och en passande väska och stuvade ner allt i dessa. Hon hade inte många klädesplagg. Den fina klänningen skulle hon ha på sig på resan, men som hon hade trott var den för trång när hon provade den. Magen hade ju redan vuxit något. Så bra att hon kunde ta ut en söm!

Hela garderoben passade smidigt i kofferten. De personliga tvättatteraljerna och reseprovianten stoppade hon ner i den lilla väskan. Sedan gick hon och lade sig.

Dagarna fram till avresan kända så långa för Alma. Hon ville få det gjort, lämna det hela bakom sig. Desto snabbare skulle det gå tills det var dags att förbereda sig inför Karls hemkomst.

Alma åt sin sista frukost hemma på ett långt tag nu. Sedan plockade hon undan allt och diskade. Hon såg sig om i huset en sista gång. Allt var rent och ordentligt. Sedan gick hon ut och satte sig på bänken framför huset och väntade där på att gudstjänsten skulle börja.

Hon hörde djuren i stallet. Djuren var också omskötta. Storbonden på Tveta gård skulle sköta om dem tills vidare. Han skulle också sätta upp ett köpeavtal för den lilla gården. När det var dags tog hon kofferten och väskan och gick mot kyrkan.

Som alltid hade några bybor kommit lite tidigare till kyrkan och stod nu i en klunga och pratade med varandra. När Alma närmade sig skaran avstannande samtalen. Några av kvinnorna tittade nyfiket på henne och viskade till varandra. Trodde de kanske på historien som pastorn hade berättat för dem. Hur som helst, ingen av kvinnorna pratade med henne.

Direkt efter gudstjänsten följde Alma med prästen hem till prästgården. Medan han gjorde sig i ordning inför resan och lät spänna för hästarna väntade hon i farstun. Ensam på sin stol lät hon tystnaden i huset sjunka in i henne. Hon märkte hur hon blev allt lugnare.

Så hörde hon röster utanför dörren. Det var pastorn som tog farväl av sin hustru. Så småningom kom han in i rummet.

»Då var vi klara för avfärd då«, sade pastorn. Alma var förberedd och hade redan rest sig. Hon nickade tyst tillbaka och följde efter honom.

Tillsammans lämnade de prästgården och gick bort mot den väntande vagnen. De stuvade in bagaget under sittbänkarna.

Pastorn klev upp på vagnen och sträckte ut handen för att hjälpa Alma, som satte sig bredvid honom. Hon stirrade framför sig med uttryckslös blick. Hon besvarade inte heller prästfruns avskedshälsning.

Det blev en färd under tystnad. Även om pastorn försökte få igång ett samtal, så lyckades han inte. Alma svarade inte. Hon sa varken något om vädret eller om sin framtid. Pastorn skakade resignerat på huvudet. »Du har förändrat dig mycket«, sa han. »Det går knappt att få ett enda ord ur dig. Vad har

hänt med den glada flickan som så gärna sprang runt och lekte? Vad har hänt med henne? Ditt ansikte är som förstenat efter det som hände då …«
Alma vände sig mot pastorn. För första gången svarade hon på hans frågor.
»Med då, menar pastorn när Karl gjorde det där fasansfulla med mig, eller?«
»Ja, det stämmer.«
»Då«, Alma såg pastorn i ögonen, »då dog jag.«
De var de enda orden som Alma sa under resan till biskopsstaden.

1916, Nyheter från New York

Alma hade tagit fram nästa brev.

Alltid samma gamla visa. Kan du inte komma på något bättre? Men jag kommer på något bättre. »Jag!«, skrek hon som en bekräftelse.

Alma hade rest sig för att skära upp en bit bröd. Hon satte an brödkniven. »Aj«, skrek hon till. Hon hade skurit sig i fingret, inte så djupt, men det blödde kraftigt. Hon höll upp fingret i luften för att minska blodflödet. Sedan band hon en näsduk om såret och ägnade sig åt breven igen. Tre bloddroppar hade hamnat på kuvertet. På »krigsbrevet« som hon nämnde det. Hon satte sig igen och tog upp brevet.

Jag kan vänta – jag bryr mig inte om ifall det går några år till. Jag vet att du kommer och jag väntar gärna på den dagen, om jag så ska vänta tio eller tjugo år, det bryr jag mig inte om. Huvudsaken är att du kommer, för då ska du få en passande välkomsthälsning. Då ska jag se till att klockorna ringer för dig, men inte de små klockorna, som du brukade kalla det förr. Nej, de stora klockorna ska ringa för dig, Karl.

Om och om igen ber du om förlåtelse, betygar din ånger och pratar om botgöring. Vackra ord ska alltså gottgöra mig för det onda du har gjort mig? Aldrig i livet! Inte nu längre. I början, under de första åren, ja då hade jag kanske kunnat förlåta dig, men under årens lopp har jag förändrats. Med tiden har det blivit allt mer uppenbart för mig hur djupt du har sårat mig. Jag är bara en eländig varelse, en stackare utan framtid. Du vill hellre ta livet av dig själv, säger du. Gör det inte, för då tar du min sista stora uppgift ifrån mig, meningen med mitt liv.

Alma stirrade på det blodbefläckade brevet. Kuvertets konturer blev suddiga. Det tog formen av hennes nattlinne som hon hade på sig då och det färska blodet spreds sig över det.

Kära syster!

Jag hade hoppats på att kunna åka hem nu, till dig och mor och far, men kriget som tyskarna inledde kom emellan. Många fartygslinjer är blockerade, många fartyg har beslagtagits av ländernas regeringar och byggts om till spionagefartyg, militärsjukhus eller till och med till stridsfartyg. Även här i Amerika pågår förberedelser för krigsinsatser. Min gode vän diamanthandlaren Ludwig är plötsligt inte heller så populär längre som tysk. Hans affärer går inte så bra, så han måste rätta munnen efter matsäcken, som man säger. Mina inkomster är inte heller längre så yppiga, men jag har en stor förmögenhet som ingen kan ta ifrån mig.

Men vad är pengar egentligen? Din förlåtelse är mycket viktigare för mig. Att du, syster min, förlåter mig för den svåra skuld som jag anklagar mig själv för. Jag skulle aldrig ha gjort dig illa. Det var ingenting jag ville, men jag vet att det hände och att jag borde ha stoppat mig själv. Jag vill, jag måste ordna upp situationen. Alma, jag ångrar verkligen allt jag gjort, och om du inte förlåter mig, så vill jag inte heller leva längre. Det är mitt fullaste allvar. Jag skulle hellre dö än att fortsätta stå i skuld till dig. Hälsa mor och far som jag också vill säga förlåt till.

Din broder Karl.

***

Vägarna från Tveta norrut var steniga och sandiga. Landskapet växlar mellan öppna marker, slätter, kullar och skogar. Den fjädrande hästvagnen tog upp de grövsta ojämnheterna på vägen, men resan tog några timmar. Pastorn och Alma skakades om rejält, varför de stannade flera gånger på vägen. Pastorn valde ut rastplatserna så att hästarna skulle få vatten. I en säck hade han med sig lite foder.

Fram emot kvällen nådde de målet. Prästen hade fått en vägbeskrivning, men frågade för säkerhets skull efter vägen på ett värdshus utanför stan. Man visade honom vägen till herrgården där hemmet för fallna unga kvinnor låg. Alma märkte att värdshusvärden tittade nyfiket ut genom fönstret. Hans fru ställde sig också bredvid honom och Alma kunde tydligt se att de talade nedsättande om nykomlingen. Hemmet och dess invånarna hade tydligen inte det allra bästa ryktet.

Prästen smackade åt hästarna och drev på dem. »Nu är det endast några kilometer kvar tills vi är framme. Ditt nya hem för några månader framåt.« Det verkade som att han gladde sig åt det, men Alma visade inte tillstymmelse till känslor, utan stirrade bara likgiltigt framför sig.

»De senaste månadernas händelser, särskilt dina föräldrars död, verkar ha satt sina spår i själen på dig. Depression kallar de moderna läkarna ditt sinnestillstånd för. När jag träffar en läkare kommer jag att be honom ge dig ett botemedel mot det. Det kommer att hjälpa dig att få tillbaka livslusten att vilja prata med andra igen.«

Återigen svarade inte Alma. Det tycktes som om hon blickade in i en annan värld med sin likgiltiga ögon.

Vagnens hjul gnisslade mot gruset när de körde de sista metrarna på allén som ledde fram till herrgården som strålade i ljusgult. En bred trappa ledde upp från parken till ingångsportalen.

De hade knappt hunnit köra fram förrän en tjänare kom skyndande. När han såg Alma pekade han mot bakgården. »Kusken, förlåt pastorn, får lov att köra in på baksidan. Fröken får inte gå in i huset från den här sidan.«

Utan motsägelse accepterade pastorn det som sades och tog den vägen han blev uppmanad att ta. Alma kände förödmjukelsen, men visade ingenting.

Vid den bakre ingången tog en äldre kvinna emot resenärerna. »Pastorn kan komma med här, frun väntar med kvällsmaten.«

»Och Alma?«, frågade prästen.

»Jag har sagt till förarbeterskan. Hon tar hand om stackarn. Åh, där kommer hon ju redan.«

Prästen såg tvekande ut. Förmodligen ville han svara, men så vände han sig till Alma: »Nåväl,

Alma, vi ses väl då i morgon innan jag reser tillbaka. Se till att de visar dig allt och gör som man säger till dig. Var en lydig flicka.«
Förarbeterskan hade kommit fram och sa till Alma: »Kom med här. Jag ska visa dig sovsalen.«
Alma tog kofferten och följde efter henne.

Prästen fick aldrig se Alma nästa morgon. Klockan sex väcktes hon och rumskamraterna. Hon sov i ett litet rum tillsammans med tolv andra unga kvinnor som alla var gravida, om än olika långt gångna. Sängarna stod tätt ihop. Förarbeterskan visade henne rummen och gav henne ett paket med kläder som hon var tvungen att ta på sig. Alla hade samma blå- och vitrandiga klänning, huvudduk och träskor. Kvinnorna åt frukost tillsammans i den sparsamt möblerade matsalen. Förarbeterskan tog Alma åt sidan. »Du följer med till sjukstugan. Doktorn vill tala med dig.«
Alma följde henne utan att säga ett ord. De gick genom en lång korridor med många dörrar som ledde till andra rum. Väggarna var vitkalkade och i taket hängde runda lampor i långa sladdar. Kvinnornas steg ekade i korridoren.
Förarbeterskan stannade framför en av dörrarna. Med en blick antydde hon att Alma skulle vänta. Sedan knackade hon på dörren. Det hördes ett högt »kom in« från andra sidan. Förarbeterskan öppnade dörren och lät Alma kliva in i behandlingsrummet.
Doktorn hade en lång vit rock på sig och betraktade Alma noggrant genom sina runda glasögon.

»Jaha, detta är alltså den sinnessvaga. Pastorn har berättat för mig om dig. Jaså, du lider av en depression. Det ska vi nog få bukt med. På anstalterna i England och Frankrike, ja till och med i Österrike, skulle du få en helt annan behandling än vad jag kan ge dig. Där botas de sjuka med moderna metoder och kemisk medicin. Jag håller mig fortfarande till de gamla visdomarna. Ta det här. Ett litet glas om dagen av denna tinktur kommer att hjälpa dig på benen igen. Ett avkok av jordrök, en forntida växt och andra örter. Därtill kalla bad och andra beprövade medel.«

Medan han talade vippade mustaschen upp och ner som om den förde ett eget liv.

Doktorn gick fram till ett skåp och tog fram ett glas, började hantera med det och olika bruna småflaskor. Han hällde upp en liten mängd från varje flaska i glaset och skakade det kraftigt. Så luktade han på det och räckte henne glaset. Utan att tveka drack Alma det bittra innehållet.

»Från och med idag tar du din medicin varje dag efter frukost. Förarbeterskan kommer att ställa fram det på din plats. Har du förstått?«

Alma nickade och följde efter förarbeterskan.

Därefter organiserades arbetsgrupperna. Alma fick arbeta i tvätteriet, medan andra sattes att arbeta i köket, ute på åkrarna eller i stallen. Arbetsdagen var tolv timmar lång. På söndagarna vilade arbetet för att man skulle gå i kyrkan. På eftermiddagen kunde kvinnorna ägna sig åt sina egna bestyr, men fick inte lämna gården. För det mesta satt de tillsammans i grupper och lagade sina egna kläder. Någon lön för arbetet fick de inte. Det fick de höra mycket tydligt redan första dagen.

»Er lön är rätten att få sova och äta gratis här, men framför allt att ni i lugn och ro och avskildhet har tid att tänka över era misstag. När er tid är kommen kan ni återvända hem, möjligtvis som respektabla unga kvinnor. Ingen av oss kommer att berätta om era syndafall. Om det ändå kommer ut att ni har varit här och ni hör elakt skvaller hemma i byarna, så kommer det inte från oss.«

Så förflöt veckor och månader med hårt arbete. Almas mage växte och gjorde att varje rörelse, varje ansträngning blev ett kval. Men hon klagade inte. Hon ägnade sig åt sina egna tankar och pratade sällan med de andra kvinnorna. Och om man pratade med varandra ibland, så handlade det bara om det allra nödvändigaste, för det mesta om arbetet. Hon ville inte heller lära känna någon, utan isolerade sig istället mer och mer. Almas rumskamrater undvek henne och beskrev henne för det mesta som en enstöring eller som högfärdig.

Kvinnorna berättade för varandra vad som hade drabbat dem. För det mesta handlade det om följderna av en våldtäkt. Brutalt våldtagen av husbonden, men ofta av en far eller andra familjemedlemmar. Några kvinnor hade trott att deras husbonde verkligen älskade dem, men när han fick reda på graviditeten kastades kvinnorna helt enkelt ut ur huset.

En sak hade kvinnorna gemensamt: De stod längst ner på den sociala stegen. De hade stötts ut ur gemenskapen och hamnat i rännstenen. Nu hoppades de på att kunna ta sig upp ur den igen. Detta hopp fick dem att uthärda alla förödmjukelser, smällar och skäll från sina överordnade.

Vintern var ännu inte över när Almas födsel närmade sig. Alla de veckor hon hade varit på herrgården hade hon varit tvungen att utföra sitt arbete under hårda förhållanden. Den ständiga smärtan i ryggen utgjorde ingen grund för att inte behöva arbeta. Det hade förarbeterskan sagt till på skarpen mycket tydligt från början och underströk det då och då med en örfil.

»Det var ju inga problem att bli med barn, så klaga inte nu!«

Det var hennes ord. Nu, några dagar före födseln, orkade Alma helt enkelt inte mer. Smärtan och ansträngningen var för mycket trots motståndskraften. Plötsligt svartnade det för ögonen. Förarbeterskan hade skällt högt på henne när hon svimmade och föll till golvet i tvättstugan.

»Din odåga! Det bästa som kan hända är att du förlorar barnet.«

Men när hon såg blodpölen på det våta golvet skickade hon efter sköterskan. Hon följde med de blivande moder till sjukstugan. Medan Alma väntade på läkaren kunde hon tvätta sig och lägga sig i sängen.

»Och vad är det för fel på dig då?« frågade läkaren när han kom in.

Alma pekade på den tjocka magen.

»Det ser jag, men man sa att du blöder. Var?«

Återigen sa Alma ingenting, men pekade på såret
på bakhuvudet, som hon slagit upp när hon svim-
made vid tvättbaljan.

»Jaså, var det bara det«, sa läkaren och böjde sig
över henne. Han kände med fingrarna på såret,
reste sig och grep tag i väskan.

»Du har ett skärsår. Det måste vi sy. Syster kommer
att förbereda det hela.« Han tittade snabbt på hen-
nes kropp. »Det är fortfarande några dagar kvar till
födseln.«

Han lämnade rummet och Alma hörde fortfarande
hur han pratade med sköterskan, som sedan kom
in i rummet där Alma låg. Hon klippte av håret på
Alma så mycket att såret syntes. Sedan rengjorde
hon det med en vätska som sved förskräckligt.

Alma slöt ögonen och var ensam med sina tankar.
Hon var inte rädd för att föda och hoppades till och
med att hon skulle dö. Och barnet? Även för barnet
skulle det vara bra om det fick dö innan det föddes.
Som ett syndens barn skulle det inte få något bra
liv, oavsett var och hur det växte upp.

Alma var förtvivlad. Hon skulle komma att hata
barnet eftersom det kom till världen utan att vara
välkommet och skulle tas ifrån henne. Det hade
hon fått höra av förarbeterskan. Ett rikt par som va-
rit barnlösa i åratal hade tecknat ett avtal med god-
sägarfrun. De skulle ta barnet med sig och adoptera
det omedelbart efter födseln.

Hennes framtid var förstörd, hon var ensam för all-
tid. Brodern var borta, föräldrarna döda. Hon

skulle inte kunna bilda någon egen familj, och ingen skulle ta henne till hustru. Vad hade hon mer att hoppas på än en snabb död.

Tre dagar senare satte de första värkarna in. Alma trodde att det var det vanliga ryggontet som hade väckt henne tidigt på morgonen. Men så ökade smärtan, kom och gick, medan den blev allt starkare. Trots att hon inte ville, skrek hon ut smärtan. Det dröjde inte länge förrän systern kom och tittade till henne. Med vana ögon förstod hon genast hur det stod till med Alma. Hon kallade på doktorn. Under tiden kokade hon upp vatten och ställde fram skålar och lade fram handdukar.

Alma hoppades att värkarna skulle döda henne, men samtidigt dök en tanke upp som hon inte riktigt kunde förstå. Hon var tvungen att överleva för att kunna straffa Karl för det han gjort mot henne. Det var hennes uppgift. Därför var hon tvungen att gå igenom födseln och återvända till Tveta. Plötsligt fick hon tillbaka styrkan, för nu visste hon exakt vad hon skulle göra.

Läkaren kom först tre timmar senare. Han undersökte Alma på ett bryskt sätt. Han var hårdhjärtad och ovänlig och fick henne att känna tydligt att han inte godkände den här typen av graviditet. »Ditt barn är inte önskat av Gud«, var något han sa.

För Alma spelade det ingen roll. Smärtan som hotade att riva henne i stycken och hatet mot Karl hade gjort henne känslomässigt hård och till och med helt tryckt undan de mjuka känslor hon haft en gång.

Hon uthärdade smärtan i nästan tolv timmar. En smärta som bara blev värre för varje gång, vågor som allt oftare vällde fram genom kroppen.

»Nu dör jag äntligen«, tänkte hon. Men tydligen hade hon talat högt, eftersom läkaren svarade med ett bittert skratt: »Det skulle du allt vilja va', att försvinna från världen på det sättet. Det kommer aldrig på fråga. Det ska jag se till.«

Oavsett om hon ville det eller ej följde Alma läkarens anvisningar. Hon tryckte och pressade när han befallde. Hon drog upp knäna som han ville. Så gav hon ifrån sig ett långt skrik samtidigt som hon kände något glatt och fuktigt glida ut ur sitt inre. Utmattad föll hon tillbaka på kudden och slöt ögonen. I bakgrunden hörde hon sjuksköterskan och barnmorskan hantera med något, sedan hördes en smäll följt av ett högt skrik från barnet. Alma tittade upp. Hon vred huvudet åt sidan och såg sitt rosenröda barn med skrynkligt ansikte. Alma lät blicken glida över spädbarnskroppen. Det var en flicka. Hennes blick stannade vid den lilla flickans lår. Alma såg tydligt födelsemärket som såg ut som ett äpple som någon hade bitit i. Precis som det hon själv hade på samma ställe. Det svartnade för ögonen på henne.

När hon öppnade ögonen igen var barnet borta. Egentligen hade hon aldrig velat det, men nu när hon kom ihåg födelsemärket var det annorlunda. Den lilla var så lik henne. Födelsemärket var ett bevis på att det var hennes barn, hennes dotter. Var var det nu? Hon kallade klagande på sköterskan. Denna förklarade obevekligt för Alma att barnet redan hade överlämnats till de nya föräldrarna.

Alma sjönk ner i kudden igen. Hon skulle aldrig mer få se sitt barn.

1917, Nyheter från New York

Alma tog fram nästa brev. Javisst, det var Karls meddelande att han skulle komma hem. Han kunde gärna komma. Hon hade haft år på sig att förbereda sig för den dagen. Allt var klart för dagen hon längtade efter. Han skulle få betala för allt det onda som vederfarits henne. Allt berodde ju på hans gärning: smärtan, skammen, föräldrarnas död, graviditeten och den omedelbara förlusten av barnet. Allt för att han ville se sina små klockor svinga. Små klockorna! Hon skulle visa honom de stora klockorna och låta honom känna på dem. Först då skulle han förstå vad han hade gjort med sin lust och drift.

Hon rev brevet i småbitar.

Kära syster!
Jag är redo att ge mig av hem nu, men jag vet inte hur lång tid resan tar och via vilka länder jag kommer att resa. Kaoset med kriget, som ju har hunnit sprida sig över hela världen, gör det inte möjligt att planera någonting. Jag hoppas att vårt kära Småland och vår lilla by har förskonats.
Jag har satt in mina tillgångar på en bank i New York. Därifrån kommer de att flyttas över till banken i Kalmar, där jag kan ta ut dem när jag har kommit fram. Då kan jag ta hand om er och gården. Jag vet att jag inte kan göra det som hänt ogjort med detta.
Jag ska försöka ta mig till Sverige via England och Norge. Det ska inte vara så svårt att få hyra eftersom de

flesta männen seglar på krigsfartyg, och jag har goda chanser att hamna på ett handelsfartyg.
Jag ser fram emot att få träffa familjen och få bo på gården igen.
Din broder Karl.

Alma skakade på huvudet efter att ha läst brevet. Hur kunde hennes bror vara så naiv?

***

Några dagar efter födseln förberedde sig Alma på att åka hem igen. Hon gjorde iordning sina få ägodelar och tvättade kläderna hon skulle ha på resan. Förarbeterskan kom för att tala med henne.

»Du kan vara stolt, Alma, grevinnan uppskattar dig. Du har arbetat bra och har aldrig satt dig på tvären. Hon erbjuder dig ett arbete, alltså en fast anställning mot kost och logi, och en liten ersättning. Vad säger du om det?«

Alma hade lyssnat på henne med ansiktet bortvänt. Långsamt vände hon sig mot förarbeterskan och stirrade henne i ögonen.

»Grevinnan är en blodsugare och du är hennes vakthund.« Med dessa ord tog Alma resväskan och gick. Förarbeterskan sprang efter Alma, fick tag i hennes axel och hejdade henne.

»Du din högmodiga odåga. Tror du att du i lugn och ro kan lämna ditt barn här och återvända till din avkrok som jungfru? Vänta du bara. Jag har en syster som bor i närheten av er by. Tro mig, din hemlighet kommer inte att vara länge.«

Alma spottade förarbeterskan i ansiktet och vände sig sedan tvärt om. Med fasta steg vandrade hon allén ner mot landsvägen och gick sedan i riktning mot staden. Pastorn hade lagt undan lite pengar åt henne utifall något skulle hända. De räckte till färdbiljetten.

Sent på kvällen kom Alma hem till Tveta. Hon hade först tagit tåget till huvudorten och sedan fortsatt med hästskjuts. Den sista biten hade hon gått till fots. Hon var dödstrött när hon gick och lade sig.

Tidigt nästa morgon bankade någon på dörren till det lilla huset. Alma öppnade dörren sömndrucken. »Åh, är det pastorn. Kom in. Jag ska bara ta på mig något.«

Pastorn väntade någon minut innan han klev in i farstun.

»Du borde ha väntat tills jag kom och hämtade dig hos grevinnan. Varför gjorde du inte det?«

»Syftet var uppnått. Barnet är hos den rika familjen i Stockholm.«

»Men som du pratar …«

»Glöm det nu, pastorn. Vad händer nu?«

»Jo, storbonden är fortfarande intresserad av att få köpa gården. Då skulle du kunna flytta till prästgården och hjälpa till i hushållet och i kyrkan.«

Alma förblev tyst ett ögonblick innan hon svarade.

»Det vill jag inte. Jag vill behålla gården och bo här. Jag är helt säkert på att mitt öde kommer att avgöras här.«

»Men du kan inte sköta gården ensam«, svarade pastorn.

»Jag behöver bara hagen och en ko, och så hönsen. Det kan jag leva av. Ved finns tillräckligt i skogen. Bonden kan arrendera allt annat. Jag klarar mig med resten. Och skulle det inte gå kan han fortfarande köpa.«

»Ja, du är minsann envis, du.« Pastorn skakade på huvudet. »Du får som du vill. Då kan du fortfarande hjälpa mig och så kan du hjälpa till i kyrkan också. Som belöning kan du säkert få något klädesplagg som min fru inte behöver, eller ull och tyg.

»Talar pastorn med storbonden?«

»Du är verkligen egensinnig. Men jag ska tala med storbonden så att det blir som du vill.«

»Bra«, sa Alma och reste sig, »då är vi överens.« Efter en kort tvekan tillade hon: »Och tack för allt.« Även pastorn reste sig och räckte Alma handen.

Alma tog gården i besittning igen. Allt var lika rent som när hon åkte därifrån, även om det luktade lite instängt. Hon öppnade fönstren och lät ytterdörren stå öppen så att huset kunde vädras ut. Sedan började hon baka bröd, och snart doftade det gott igen.

De närmaste dagarna gick snabbt. Alma måste utföra olika sysslor på gården. Hon var tvungen att handla för att kunna laga mat. I handelsboden fick hon allt hon behövde, men folket i byn undvek henne. Man mötte hennes blick endast genom att nicka kort. Handlaren tog emot pengarna utan ett ord och vände sig snabbt bort medan Alma packade ner sina varor.

På hemvägen träffade hon pastorn, som berättade att han hade talat med storbonden. Han hade gått med på Almas förslag.

»Men jag vill köpa hela gården. Säg det till Alma.« Det var hans ord. Alma nickade och vill fortsätta hem.

»Ja, och så var det något annat. Folket här i byn tror inte riktigt på vår historia. Det går rykten om ett barn. Jag förstår inte hur de har kommit på det.«

»Jag tror jag vet. Den dumma vakthunden har skvallrat.«

»Vad menar du? Vad då? Vilken vakthund?«

»Äsch, oroa sig inte pastorn. Då får jag väl tåla att löpa gatlopp i byn.«

Gatloppet började redan dagen efter. När Alma skulle handla det hon behövde i handelsboden tittade expediten på henne från sidan på ett spydigt sätt. Och en kund som var på väg ut genom dörren frågade med en sneglande blick: »Så ensam? Utan unge?« Sedan försvann hon.

Det värsta var ändå de äldre karlarna som gav henne tydliga blickar. En stack till henne en lapp efter gudstjänsten. »Ikväll på jaktpasset.« Alma tog lappen och gick till gården där mannen bodde.

Hon gav lappen till hans hustru. »Du känner säkert igen handstilen.«

Hustrun läste på lappen. Hon blev alldeles röd i ansiktet. Sedan skrek hon till Alma: »Du din slyna! Försvinn från vår by!«

När en annan karl bultade på hennes dörr en natt var hon förberedd. När han försökte ta sig in i huset med våld hämtade Alma eldgaffeln ur glöden i spisen. Med all kraft tryckte hon in det glödheta järnet i grenen på honom. Tjutande av smärta sprang han därifrån.

Så småningom spreds sig berättelserna i byn och folk lät henne vara i fred, men man betraktade henne som utstött. Ingen ville ha något att göra med galningen, häxan. Man undvek henne och hennes hus. Bara när Alma arbetade i kyrkan lät man henne hållas.

Alma var ofta ensam nu, men hon behöll sin stolthet och sin obundenhet. Hon hade inga problem med att inte tillhöra bygemenskapen.

1918, Nyheter från Oslo

Nu höll hon alltså det sista brevet i handen. Karl hade inte skickat det till midsommar den här gången. Han hade kommit till Oslo på vintern och skulle inte påbörja sista delen av resan förrän fram på våren eller sommaren.

Men han var på väg. Det var det viktigaste. Nu var det äntligen snart dags att låta de stora klockorna ringa för hennes plågoande, hennes bror. Som hon gladde sig åt denna dag! Men fram tills dess fanns det fortfarande mycket att göra. Allt skulle förberedas exakt, allt måste vara klart när den stora dagen äntligen skulle komma.

Kära syster!

Efter en lång irrfärd på olika fartyg kom jag till Norge i början av det här året. Min resa gick via Kanada och Island till Spanien, därifrån via London till Bergen. Krigets kaos var skuld till denna långa och besvärliga resa. Jag visste aldrig vart det skulle bära hän nästa dag. Jag kommer att arbeta här ett tag till, innan jag fortsätter resan hem, men min väg har hela tiden fört mig närmare Småland, hem, hem till dig. Och det är jag tacksam för. För nu är jag på väg hem till er och hoppas kunna fira midsommar med familjen igen efter så många år.

Kommer ni att ta emot mig hemma? Kommer du att förlåta mig, syster min? Jag lovar att jag kommer att gottgöra dig för alla orättfärdigheter som jag har tillfogat dig. Min ungdomliga lust och brännvinet var skulden till det hela. Jag var inte vid mina sinnens fulla bruk och

jag ångrar uppriktigt det som hände då. Men du kommer att se att jag är en annan människa idag, en bättre person. Jag ska bevisa det för dig. Jag hoppas du vill ta emot mig med samma känslor som vi hade för varandra som barn. Ge mig möjlighet att visa denna nya person för dig, den person som jag har blivit, tack vare en präst och min egen insikt. Låt mig få vara din storebror igen.
Din broder Karl

Alma darrade. Karls ånger, som lät ärlig, skulle inte vara till någon nytta för honom. Ingenting, absolut ingenting alls kunde hindra henne från att avstå från sin plan.

***

Alma såg fram emot sommaren. Hon tillbringade många timmar med att förbereda sin plan. Det dröjde länge innan hon hade fått ihop alla saker hon behövde. Om och om igen gick hon igenom sitt förehavande i tankarna, ändrade det och förkastade ändringarna i sin tur. Äntligen var hon nöjd med förberedelserna.

Brodern skulle komma till midsommar, men det skulle definitivt bli ett annorlunda mottagande än han hade föreställt sig. Så konstigt livet ändå var. I samma utsträckning som Karls omvändelse hade kommit, på samma sätt hade hatet växt i henne. Ett hat som hon aldrig känt förut och som enbart och uteslutande riktade sig mot Karl, som hade förstört hennes liv.

Planen hade länge mognat i henne, en hemsk plan
som hon nu var kapabel till att genomföra. Ja, Karl,
du är välkommen!
Alma samlade snabbt ihop alla brev och vykort och
kastade dem ett efter ett i elden i spisen. De fladd-
rande lågorna fick hennes redan röda kinder att
glöda ännu mer. När det sista brevet förstördes av
lågorna, trängde ett långt plågat skrik ut ur hennes
strupe. Alma sjönk ner på knä och föll sedan rak-
lång på golvet.

Tredje boken: Helvetets port

Alma skyndade ut i köket och hällde upp ett glas mjölk. Hon tömde glaset i ett drag och gav sig sedan iväg till kyrkan. Kanske redan idag! Nu var det bara några dagar kvar till midsommar, den stora sommarfesten. Men i år skulle festen få en helt annan betydelse. Det skulle bli hennes fest, en helt personlig fest för hennes hämnd.

Hon kommer flämtande till kyrkan. Liksom tidigare klättrar hon nu upp för stegen till klockstapelns plattform. Här uppe, högt över marken, sätter hon sig på den lilla plattformen bredvid de två klockorna. Härifrån har hon den bästa utsikten över den breda ådalen. Oavsett vilken riktning Karl kommer ifrån, så kommer hon att upptäcka honom i god tid.
Hon har redan suttit här uppe i två dagar. Hon lämnar bara sin utsiktspunkt för några timmar för att utföra de viktigaste sysslorna hemma, ta hand om djuren och kanske sova en eller två timmar. Hon känner sig stark och redo för den stora uppgift som väntar på henne. Styrkan har hon hämtat från de gamla gudarna i Tors källa. Men hon har också fått pastorns välsignelse. Och den hemliga örtblandningen, som hon satt ihop enligt mormors berättelser, ska skärpa alla hennes sinnen, så att inget går fel. Men vad skulle kunna gå fel? Hon har ju planerat allt in i minsta detalj.

Alma skrattar högt för sig själv. Hon är så säker på det hon ska göra och så glad över detta sista förlösande kapitel på historien om hennes lidande. Sedan skulle det vara slut på allt det onda.

Även idag, dagen före midsommarafton, intog hon sin plats uppe i klockstapeln. Ingen av de bybor som kom till kyrkogården i dag upptäckte henne där uppe på de höga höjderna. Den vida Emådalen var hennes hembygd. På slätten där nere låg små byar, gårdar och torp mellan ängar och skogsdungar.

Förr i tiden hade här funnits stora skogar, hade hennes morföräldrar en gång berättat, men nästan alla de mäktiga ekarna hade huggits ned. Man hade gjort möbler av dem.

Men bilden av hembygden hade fått en spricka efter allt ont som hade hänt då, en midsommarafton för mer än femton år sedan. Alma förträngde bryskt alla tankar på det förflutna. Endast här och nu räknades! Hon var tvungen att vara uppmärksam och fick inte missa den rätta tidpunkten.

Men Alma hade inte heller upptäckt sin bror ännu. Tilltron till att Karl faktiskt kommer till midsommar minskar timme för timme. I morgon är det gudstjänst på förmiddagen, därefter är det dags för dansen kring midsommarstången på festplatsen.

För hundrade gången sveper hon med blicken över den vida dalen. Hon ser allt där nere, men för det mesta är det hästdragna kärror eller bönder på fälten. Det är redan sent på eftermiddagen, men nu är det midsommar och ljust hela natten.

Alma sitter på plattformen med benen dinglande. Var är Karl? Blev han rädd till slut trots allt? Har han plågats av sitt dåliga samvete? Eller är han bara sen? Ingenting händer.

Men plötsligt går en stöt genom hennes kropp. Vad är det där? Hon står på tårna och sträcker på halsen för att se bättre. Där borta i andra änden av dalen, framför de skogklädda kullarna, är det något som rör sig. Det är en person som rör sig i riktning mot den lilla byn. Det måste vara Karl. Det är hans gång, det kan hon se trots det långa avståndet. Annars går det knappast att urskilja något mer på det här avståndet. Men gången!

Hon fortsätter att vänta, och undan för undan blir bilden allt tydligare. Det är Karl, brodern, som hon inte har sett på femton år. Han bär ett knyte på en käpp över axeln. En halvlång svart rock hänger löst runt kroppen. Och nu när han kommer närmare ser hon också hans ansikte. Det är kantigt, och hårt. Polisongerna får honom att se gammal ut, håret har redan grånat något. Hennes bror, en gammal man. Alma torkar sig över ansiktet, och alla tvivel som hade smugit sig över henne jagas bort. Nu får det vara nog! Hon ska genomföra sin plan som hon har hållit på att förbereda i så många år. Nu är dagen äntligen här. Hämndens dag, dagen då Karl ska få sona sitt brott.

Alma skyndar sig ivrigt ner för trätrappan på darrande ben och springer snabbt hem. Hon hämtar vatten från brunnen och diskar upp disken som stått några dagar. Karl får inte märka att hon har väntat på honom. Inte ens denna lilla seger unnar hon honom. Men medan vattnet börjar koka på spisen jagar tankarna genom hennes huvud. Har hon tänkt på allt? Har hon förberett allt riktigt? Kommer Karl att gå med på hennes förslag och kommer hon att kunna genomföra planen? Allt måste bara fungera!

Även om Alma var beredd på allt rycker hon till när det bultar på dörren. Det är han! Hon blir stående och väntar på att det ska bulta en gång till. Inte förrän det bultar tredje gången går hon fram till dörren och öppnar den. Där utanför står Karl med böjt huvud och väntar på att Alma ska säga något.

»Kom in.« Alma går åt sidan för att släppa in brodern.

Han lyfter blicken och ser på sin syster. Han är stum. Det kommer inte ett ord över hans läppar, men hans blick ber undergivet om förlåtelse.

»Kom in«, upprepar Alma. Först nu tar Karl några tveksamma steg framåt och går in i sitt barndomshem.

»Här är allt sig likt. Inget har förändrats.«

»Nej«, svarar Alma och tänker för sig själv: om du bara visste vad som har förändrats! Jag har förändrat mig, för att du har gjort mig till en levande död.

»Var är mor och far?«

»Döda«, svarar hon. Döda som mitt innersta, tänker hon stilla.

»Hur kan det komma sig?«

»Det ska du få höra sedan. Sätt dig.«

Karl tar av sig rocken och lägger ifrån sig käppen med knytet. Med möda sätter han sig vid köksbordet.

»Benen orkar inte riktigt lika mycket som förr«, försöker han förklara. »Det är sjöns fel«, tillägger han.

Alma tar fram ett glas ur skåpet och ställer det på bordet. Sedan hämtar hon en flaska hembränt från källaren och häller upp rikligt med brännvin till brodern.

»Drick, det kommer att göra dig gott. Jag gör något att äta.«

Medan hon ställer sig vid spisen låter Karl blicken vandra genom rummet. Under tiden häller han upp en snaps till.

»Oförändrat«, mumlar han.

Hon svarar inte.

Alma undviker Karls frågor om hennes välbefinnande och om föräldrarnas död. »Senare«, säger hon igen och ställer fram maten på bordet. Karl äter med god aptit och Alma ger honom ytterligare en snaps.

»Hemma smakar maten i alla fall bäst«, säger han.

Alma rycker på axlarna.

»Men ta ordentligt då, så att brännvinet får en bra grund«, säger hon och häller upp en snaps till.

»Jag kanske inte borde dricka så mycket …«, protesterar Karl svagt, men tar ändå en klunk.

»Du kan åtminstone höja ett glas för din lyckliga återkomst«, uppmuntrar Alma honom.

»Ja, nog är jag en lycklig karl«, mumlar han tillbaka.

Det har hunnit bli midnatt när Karl nästan sitter och somnar. Alma ruskar i honom.

»Somna inte nu. Kom, så ska jag berätta om mor och far. Kom med till kyrkan, till deras grav.«

»Nu? Mitt i natten?«, undrar Karl förvirrat.

»Ja, det är ju fortfarande ljust ute. Och så ska jag visa dig något, som bara angår dig och mig.«

»Bara oss? Vad menar du?«

»Kom, så ska jag visa dig. Du kommer att bli förvånad. Tänk på när vi var barn.«

Hon drar i skjortan på honom. Karl reser sig osäkert samtidigt som han fattar tag i flaskan med den sista brännvinsskvätten. Alma hjälper honom och leder honom till dörren. Han vinglar så mycket på vägen till kyrkan att hon måste stötta honom.

»Far och mor …«, stammar han.

»Vi är snart där och då ska jag visa dig graven.«

De kommer fram till kyrkogården, som är omgiven av en hög stenmur. Järnporten gnisslar till när Alma skjuter upp den. De går in på kyrkogården. Den vitkalkade kyrkan lyser i midsommarnatten. Alma leder fram Karl till föräldrarnas grav.

»Här är det, här är graven«. Alma pekar på en gravsten där både föräldrarnas namn är ingraverade tillsammans med dödsdatumet.

»De dog ju med bara några dagars mellanrum. Vad var det som hände? Hur dog de?«

»Fortsätt och läs.« Almas pressade fram orden.

»Kan du läsa det för mig? Jag tror jag har druckit för mycket brännvin.«

»Där står: Sorg och lidande blev deras död.«

»Va'? Vad ska det betyda?«

»Det ska jag berätta för dig. Det och mycket och mycket mer. Kom så går vi till vår plats.«

»Vår plats? Menar du …«. Det verkar som Karl kommer ihåg barndomens favoritplats.

»Ja, uppe i klockstapeln.«

Alma drar med honom till klockstapeln, som står längst ut på kyrkogården. De två tunga klockorna hålls uppe av kraftiga trädstockar. Uppifrån hänger några linor ner i en slags källare. Härifrån ringer man i klockorna.

Karl hittar själv vägen till trätrappstegen. Först tvekande, men sedan klättrar han upp. En gång glider ena foten av stegpinnen, men han håller fast sig ordentligt.

Det skulle du allt vilja, va'? Falla ner från stegen och bryta nacken av dig, tänker Alma. Vänta du, jag har förberett en mycket bättre död för dig!

»Kommer du?« Karl tittar ner och skrattar.

»Ja, jag kommer, oroa dig inte.«

Alma klättrar upp för stegen efter brodern, som sätter sig på plattformen vid klockorna, på sin favoritplats, precis mitt emellan klockorna. Han låter benen dingla över kanten.

»Nu känner jag mig precis som förr, när vi var barn. Kommer du ihåg?«

Det är klart jag kommer ihåg! tänker Alma för sig själv. Det och allt annat också. Men mest av allt kommer jag ihåg allt ont som du gjorde mot mig. Och det, Karl, det ska du nu få betala för. Här och nu.

Med klar röst svarar hon: »Ja, Karl jag kommer ihåg.«

Mer säger hon inte och sätter sig bredvid brodern, som tar ytterligare en klunk ur flaskan. När han sätter ner flaskan tittar han förundrat på den.

»Är den redan tom?« Han kastar ner den på marken.

Alma plockar fram en medhavd brännvinsflaska ur förklädet och räcker den till brodern.

»Här, ta en klunk till. Du har varit på väg länge.« Och du har din sista långa resa framför dig, fortsätter hon i tankarna, men det vet du inte ännu.

Karl korkar upp flaskan och tar en djupt klunk.

»Åh, vad det känns bra att få vara hemma«, säger han och tittar på sin syster. »Ta du en klunk också, Alma. Skål för oss och vår framtid!«

Alma tvekar en sekund, men tar sedan flaskan.

»Ja, en klunk för framtiden kan väl inte skada. Men bara den här. Jag tål inte sprit.«

Hon tar en liten klunk. Det brinner som eld, men hon sväljer snapsen, även om hon får betala med ett hostanfall. Hon ger Karl flaskan igen, som tar emot den med ett skratt och sväljer en rejäl klunk.

»Än en gång skål för framtiden, det förflutna är besegrat.«

»Det är bara du som tror det«, slank det ur henne.
Hon lägger handen för munnen förskräckt. Hon tittar på Karl, men han har inte märkt någonting. Han
har somnat. Huvudet har sjunkit ner över bröstet,
flaskan håller han fast med båda händerna.

Alma klättrar nerför stegen och öppnar luckan till
källaren under klockstapeln. Här har hon gömt allt
hon behöver i en säck under en lös golvplanka. När
hon är klar kliver hon upp ur jordkällaren och
klättrar tillbaka upp i klockstapeln.

Karl har inte ändrat ställning. Han snarkar och från
mungipan rinner det saliv nedför hakan. En tunn
salivtråd hänger ner från läpparna och efterlämnar
en fläck på skjortan. Alma tittar på honom med avsky. Hur kan hon någonsin ha tyckt om honom, ja,
till och med beundrat och älskat honom?
Hon lägger repen hon hade med sig på plattformen. Hon placerar det stora ljuset som hon tog med
från kyrkan på avsatsen och tänder det. Det har blivit lite mörkare nu och lågan får Karls ansikte att
lysa i eldskenet. Nu tar hon flaskan ur händerna på
honom, försiktigt, försiktigt, så att han inte vaknar.
För en sekund upphör snarkandet för att sedan
sätta igång igen ännu tydligare. Efter det knyter
hon ihop händerna med ett tunt rep. Hon knyter en
trippelknut så att han inte kan ta sig fri. Hon gör

detsamma med benen, så att han inte kan ställa sig upp eller rymma.

Karl hostar till men vaknar inte för det. Alma tar nu ett annat rep som är tjockare och starkare. Slingan knöt hon redan för länge sedan. Repändan fäster hon i en balk ovanför Karls huvud. Försiktigt lägger hon repet om Karls hals. Han rycker till vid beröringen.

»Va'… va' e' de'? Va' gör… gör… du?« Han stammar fram orden utan att vakna. Med ett snabbt grepp drar Alma till slingan så att den ligger tätt runt halsen på Karl.

»Bara för säkerhets skull, Karl, så att du inte störtar ner och kanske överlever.« Alma skrattar stilla för sig själv. Så lätt allting går! Efter några andetag börjar Karl snarka igen. Alma kan lugnt fortsätta med sina bestyr.

Hon klättrar nerför stegen igen. Nere i klockkällaren klär hon av sig och tar på sig den röda klänningen som hon också hade på sig när hon gick till Tors källa för att be. Hon släpper ut håret så att det faller långt ner på ryggen. Hon smörjer in ansiktet med aska, som hon tidigare hade hällt olja i. Runt halsen bär hon getskinnspåsen med örter, som ska förstärka besvärjelsen.

Med en hink med vatten och en handduk klättrar hon åter upp till Karl i klockstapeln. Flåsande ställer hon ner hinken på avsatsen. Hon andas djupt och säger stilla för sig själv: »Gud och Jesus, Odin och Tor. Er kraft behöver jag nu.«

Hon tar en näve av de torra örterna i getskinnspå-
sen och strör dem runt brodern. När hon tänder ör-
terna med en tändsticka börjar de genast smälta
och avger en stark lukt. Alma viftar med handen så
att röken fortsätter att stiga och sprider sig. Sedan
tar hon några örter och stoppar dem i munnen.
Långsamt börjar hon tugga på örterna och blandar
dem med saliv till en massa. Hon märker snart hur
hennes uppfattningsförmåga förändras. Ljusa fär-
ger dansar för ögonen på henne och hon känner
hur hennes sinnen fördunklas. Hon försjunker i en
sång, men orden som kommer över läpparna har
hon aldrig hört förut. Hon har tappat kontrollen
över sitt förstånd. Mekaniskt utför hon några hand-
rörelser för att slutföra sitt verk. Allt annat är som
utplånat.

Alma känner sig stark, fylld av inre lugn och helt
fokuserad på sina handlingar. Långsamt doppar
hon handduken i vattnet och lutar sig över den so-
vande brodern. Hon drar upp ögonlocken, gnug-
gar in lite örter och stryker ut dem i ögonen på Karl,
som vaknar med ett stönande.

»Din tid har kommit Karl, din resa börjar genast
när oljorna i örterna har lagt sig på din hjärna.«
Hon talar med monoton röst.

Nu reser hon sig och vrider ur handduken över
Karls huvud. Karl skakar till något, sedan sjunker
huvudet ner över bröstet igen. Alma doppar hand-
duken i vattnet igen och slår den i ansiktet på Karl.
Nu vaknar Karl och vill resa sig, men det går inte.

»Aj, varför gör du så där? Det gör ont!« Först tittar han på henne, sedan på sina bundna händer.

I den flimrande glöden från stearinljuset ser han hennes vita ögon i det nedsmetade ansiktet stirra på honom. De verkar avgrundsdjupa. Han skriker till av skräck.

»Det kallar du smärta? Du vet inte vad verklig smärta är. Men det kommer du att få känna på, tro mig.«

»Vad tänker du göra? Vad har jag gjort dig?« Han ryser när han hör den förändrade rösten, se de vita ögon, det målade ansiktet.

»Vad du har gjort mig? Det vågar du fråga? Kommer du inte ihåg? Kommer du inte ihåg vad du gjorde mot mig?«

»Jag förstår inte …«

»Jaså, du förstår inte.«

»Jo, då. Jo, jag förstår vad du menar. Jag ångrar ju allt.«

»Ångrar!«

Hon tar ett djupt andetag och slänger den våta handduken mot hans hals.

Karl skriker till och drar desperat i handbojorna.

»Men det är ju så länge sedan. Jag trodde …«.

»Så, du trodde? Men först efter allt ont du gjort mig. Innan, Karl, innan hade du bort tänka efter, innan.«

Hon klappar till honom med handduken igen.

»Men jag har ju ändrat mig. Det har jag ju skrivit till dig så ofta i alla mina brev. Jag har ångrat allt jag gjort och vill gottgöra dig för allt nu.«

»Hur ska du kunna gottgöra mig för allt det?« Åter faller ett slag med den våta handduken mot Karls ansikte.

»Hur ska du någonsin kunna ge mig min oskuld tillbaka?« Smack! En våt smäll igen!

»Och hur ska jag få tillbaka min ungdom som du stal ifrån mig?« Ett slag till med handduken och Karl skriker högt. Skjortan är nu itusliten och den nakna huden syns.

»Hur ska du få tillbaka far och mor igen? Du har dödat båda.« Det börjar spruta blod från Karls sår. Hans skrik hörs i den ensamma nattliga dalen.

»Har jag dödat dem? Men hur då? Jag var ju inte ens här!«

»Mor hängde sig av sorg och far blev offer för kökskniven han föll över i sitt spritvansinne. Allt på grund av dig.«

»Vad är det som har hänt?« Karls ord blandas med gråten.

»Och hur ska du kunna ge mig mitt barn tillbaka? Vårt barn Karl!«

Skrik och slag blandas om vartannat. Den våta handduken smäller till över Karls kropp om och om igen.

»Barn? Vårt barn?« Karl stönar fram orden högt. Han tittar förskräckt på sin syster. Det blöder i ögonvrån.

»Ja, vårt barn!« Hon bankar in sin egen ilska och förtvivlan i honom. Snart sitter han där med blodet strömmande över sig och skakar i hela kroppen.

Han tjuter högt medan han sliter och rycker i bojorna.

Alma sjunker ner utmattad på avsatsen. Även Karls stönande blir tystare. Sedan sitter de tillsammans så ett tag.

Karl är den som börjar prata. »Du är vacker med det långa håret och klänningen, men varför har du smörjt in dig så där i ansiktet?«

»Varför? Jo, därför att du ska kunna känna igen vem jag är. En djävul. En ängel som vill hämnas på dig. Ja, jag kommer att hämnas på dig. I natt kommer min hämnd att förgöra dig.«

»Ska du döda mig? Hänga mig här i klockstapeln?« Orden kommer stötvis från Karl.

Alma tittar upp och ser in i broderns uppsvullna ögon.

»Ja, jag ska döda dig. Men jag ska inte hänga dig. Det vore allt för enkelt. För enkelt för dig och även för mig.«

»Men vad tänker du göra? Kan du inte förlåta mig? Jag lovar, jag gör allt vad du vill. Snälla Alma!«

»Du tigger om förlåtelse? Det vågar du? Gör dig redo, Karl, döden är nära.«

Alma reser sig. Hennes röda klänning vajar i den lätta sommarbrisen. Stearinljuset lägger en skugga över hennes insmetade ansikte.

»Snälla, Alma«, gnäller Karl.

»Det är för sent, Karl. Jag lämnar dig här upp nu ensam. Tänk över allt vad du har gjort. Men jag ska hjälpa dig på traven. När jag var liten var jag tvungen att ringa i de små klockorna för dig. Idag ska jag låta de stora klockorna klämta för dig. En vid ditt vänstra öra och den andra vid ditt högra. Du sitter exakt mellan båda klockorna. Jag kommer nu att klättra ner och sätta igång klockorna. Och du tänker efter så länge du bara kan. Och vid det hundrade slaget ... », hon böjer sig ner mot honom och ser honom med eftertryck i ögonen, »vid det hundrade slaget kommer du att dö. Varken förr eller senare. Räkna alltså med exakt. Och glöm inte att det hundrade klockslaget är det sista du kommer att höra i ditt liv.«

»Men Alma ...«. Längre kommer han inte förrän systern avbryter honom.

»Du kommer att dö, vare sig du vill det eller inte. Till hundra, hör du det? Räkna noga!«

Alma vänder sig om och klättrar ner för stegen. Karls förskräckta skrik följer henne ända ner till klockspelet i källargropen.

Långsamt börjar hon dra i repen medan hon lyssnar på hur klockslagen sätter igång. Sedan börjar hon räkna och för varje slag skriker hon ut sin seger. Hon hör inte att brodern också ropar »ett, två, tre ... tjugofem ... sjuttio ...« för varje slag. Och senare: »nittionio, hundra ...«

Hon märker inte byborna som kommer springande, väckta av den dånande klockringningen. Först är det bara några män, men sedan kommer fler och fler, även kvinnor och barn. Några av dem har högtidsdräkter eller finkläder på sig, medan andra i all hast bara har slängt på sig sina vardagskläder. Några män kommer ridande på sina hästar, många familjer kommer med häst och vagn.

All ställer sig runt klockstapeln och stirrar uppåt. De kan inte förstå vad som försiggår där uppe. Karls skrik, Almas galna skratt, de vilda kyrkklockorna, lukten av rädsla och brännvin, svett och örter blandas med morgonluften som långsamt håller på att värmas upp.

Ingen av de närvarande vågar klättra uppför stegen och sätta stopp för galenskapen. Med öppna munnar deltar de i det ohyggliga skådespelet utan att förstå det.

Ju snabbare Alma drar i repen, desto snabbare ringer det i de tunga klockorna. Motvikten drar upp henne från marken och kastar henne fram och tillbaka. Inneboende björnkrafter får henne att fortsätta medan klockslagen ljuder snabbare och alltmer okontrollerat och ekar ut över dalen. Klockklangen ljuder över gårdarna och byn. Alma är som berusad. Hon har inte längre kontroll över sig själv och sina handlingar.

Hon märker inte hur hela klockstapeln vibrerar och skakar. Det ljudliga gnisslande och knarrandet i bjälkarna blandar sig med det dånande ljudet från kyrkklockorna. Klockstapeln börjar svaja, de massiva stolparna vrider sig med ett gällt knakande tills hela klockstapeln kollapsar. Smärtan från bjälkarna som rasar ner över henne når inte hennes medvetande. Hon fortsätter att dra i klocksträngarna medan hon skriker ut sin förtvivlan. Den gapande folkmassan springer åt alla håll. Alla vill rädda sig själva, ingen vill träffas av de nedfallande spillrorna. De tunga klockorna ger ifrån sig sitt sista dova ljud i sanden.

S l u t

TACK...

... till alla som stöttat mig under arbetet med den här boken! Framför allt stort tack till min fru Annelie som inte bara gav mig tid att skriva, utan också har hjälpt med kritik och råd.

Tack också till alla »provläsare«som hela tiden kommit med goda råd. Tack till Paul, Tina, Lars, Mona och ...

Och ett stort tack till Lena Samuelsson, som inte bara har översatt boken, utan också bidragit med värdefull information om hur man levde, bodde och åt på svenska landsbygden på den tiden.

MARTEN PETERSEN

Bokens författare, Marten Petersen, är ursprungligen från Nordfriesland i norra Tyskland. I över 30 år har han semestrat i Småland. 2018 flyttade han till Sverige tillsammans med sin hustru Annelie. Här lever de som självförsörjande på en gård med biodling.

Marten Petersen har publicerat flera noveller och dikter i olika antologier. 2017 utkom hans roman »Leif – ein Wikingerabenteuer«. Föreliggande bok finns både på svenska och tyska – på tyska även med annan titel.